불평등

전지적　시점

불평등 사회에 관한 뼈때리는 코멘터리
전지적 불평등 시점

초판 1쇄 발행 • 2020년 1월 2일

지은이 • 명로진
펴낸이 • 김순덕
디자인 • 정계수
펴낸곳 • 더퀘스천
출판등록 • 2017년 10월 18일 제2019-000107호
주소 • 경기도 고양시 일산서구 산율길 42번길 13
전화 • 031-721-4248 / 팩스 031-629-6974
메일 • theqbooks@gmail.com

ISBN 979-11-967841-0-2(03810)

이 도서의 국립중앙도서관 출판예정도서목록(CIP)은
서지정보유통지원시스템 홈페이지(http://seoji.nl.go.kr)와
국가자료공동목록시스템(http://www.nl.go.kr/kolisnet)에서 이용하실 수 있습니다.
(CIP제어번호: CIP2019049675)

불평등

전지적 시점

불평등 사회에 관한
뼈 때리는 코멘터리

명로진 지음

더퀘스천

복잡한 사고의 단순한 표현,
거대담론을 넘는 힘은 어디에서 오는가

명로진의 칼은 뭉툭하다. 그러나 그의 펜은 예리하다. 나는 이 모순적 조화가 그의 가장 큰 매력이라고 생각한다. 그는 시니컬 하지만 조롱기가 전혀 없다. 그는 진지하지만 유쾌하다. 그는 날 카롭지만 약자를 찌르지 않는다. 그는 아는 게 많은데 드러내놓 고 자랑하지 않는다. 그는 많은 재능을 지니고 있다. 글도 잘 쓰 고 연기까지 하며 방송은 숨 쉬는 것처럼 매끄럽다. 그런데도 그 는 끊임없이 공부한다. 자신이 배운 걸 혼자 갖기 아깝고 미안해 서 사람들을 가르친다. 게다가 인물도 목소리도 우월하다(그러니 배우가 아니겠느냐만). 나는 도대체 그의 직업이 뭔지 모르겠다. 그 러나 한 가지는 분명하게 안다. 그는 따뜻한 사람이다. 그리고 겸 손한 사람이다.

이렇게 그는 정말 재능이 많다. 불평등한 일이다. 이런 그가 불평등에 대해 말하는 건 불평등한 일이다. 도대체 못하는 게 뭔지, 관심이 없는 분야가 무엇인지 묻고 싶다. 하지만 이 책을 읽으면서 그가 살아온 세상, 바라보는 사회, 만나는 사람의 이야기들이 던지는 메시지를 하나하나 곱씹어보면 '도대체 우리는 어떤 세상에 살고 있는 거지?'라고 저절로 되묻지 않을 수 없다. 천민자본주의가 지배하는 대한민국 사회의 병폐인 불평등은 이미 인내의 임계점을 넘고 있다. 변곡점이 되지 않으면 무너진다. 그 엄중한 물음을 그는 거대담론의 무거움이 아니라 인문적 성찰과 반성의 연대로 이끌어낸다. 심각하지 않은 표정으로 심각한 이야기를 예사롭지 않게 풀어내는 건 예사롭지 않은 그의 공력 덕택이다.

누군가는 가볍게 읽고 넘어가는 신문 기사 한 줄도 그의 눈에는 예사로운 게 없다. 그는 단순히 현상을 보는 관찰자가 아니다. "어떤 사람들은 자신이 3루에서 태어났으면서 3루타를 친 줄 알고 살아간다"는 전설적 감독, 스위처를 인용한다. 아마 그가 우리나라에서 살았다면 "어떤 사람들은 더그아웃에 앉아 있으면서 자신이 만루 홈런을 치고 들어온 줄 알고 살아간다"고 비꼬았을지 모른다.

어디를 둘러봐도 불평등하지 않은 곳 없고, 인간 같지 않은 인간 없는 곳 없다. 문제는 그런 작자들이 마치 이 나라를 이끌어가고 있는 주역으로 착각하고 숭배받는다는 엿 같은 꼬락서니가 일상사라는 점이다. 이런 문제를 외면한다면 그건 이미 명로진이 아니다.

그는 따뜻한 사람이다. 약자의 고통과 불행한 처지를 보면 눈물을 흘린다. 그러나 그는 단지 동정하고 공감하는 데 그치지 않는다. 강자에 맞서 호되게 질책하고 사람답게 살라고 다그친다. 쓰러진 약자를 일으켜 세우며 '그래도 힘내야지' 따위의 말보다는 '그렇다고 노예처럼 살면 안 되겠지?'라고 선동한다. 그 착한 선동이 세상을 한꺼번에 바꿀 수는 없겠지만 적어도 우리를 평생의 노예로 부려먹으려는 자들에게 맞서 싸울 수 있는 희망의 씨앗을 심는다. 그게 이 책의 가치고 매력이다. 그리고 그게 명로진이다.

그의 사유는 섬세하고 감각은 다양하며 감성은 풍부하다. 고전을 불러와 공자, 맹자, 사마천을 소환하면서 그들의 위세(?)에 기댈 생각은 터럭만큼도 보이지 않는다. 그는 그들에게 이 시간, 공간, 사건, 사람들 속에서 도대체 무엇을 말할 수 있는지를 다그친다. 명로진의 고전 공부는 그래서 과거 인물과 사상의 권위 따위에 의존하는 게 아니라 우리에게 성찰의 질문을 던진다. 어쩌면 그건 전공자가 아니어서 가능할지 모른다고 일축한다면 자신이 꼰대임을 고백하는 것에 불과하다.

그는 늘 어린왕자처럼 남을 것이다. 끝없이 묻고 캐며 자신을 담금질하기 때문이다. 그 물음이 불평등에 던져졌다. 거창한 정치, 복잡한 경제의 스케일이 아니다. 지금 내가, 이웃이 겪고 있는 현실적 삶에 대한 통찰과 반성이다. 불평등이라는 주제를 무겁지도 가볍지도 않게, 사변적이지도 않고 신문기사처럼 건조하지도 않게, 슬프지도 아름답지도 않게 꾹꾹 담아냈다.

이 책을 다 읽고 나면 신발 끈을 다시 조이게 될 것이다. 내 인생은 내 것이라고, 비굴하게 노예로 내 삶을 마감하지는 않겠다고. 다행히 그도 돈이 없고 나도 그렇다. 아마 당신도 그럴 것이다. 그런데 그는 쫄지도 않고 비굴하지도 않다. 나도 당신도 그럴 수 있다면 우리는 이미 그 불평등을 깰 송곳 하나 마련하는 셈이다.

명로진, 역시 명불허전이다!

김경집(인문학자, 작가)

들어가는 말

　나는 글쓰기와 고전 강의를 하며 수백 명의 제자를 만났다. 그런데 3년 전, 제자 한 사람이 "오늘에야 겨우 대학 학자금을 다 갚았다"고 말하는 게 아닌가! 그는 나이 마흔에 아이가 둘 있는 가장이었다. 대학을 졸업하고 10년이 넘도록 계속 빚을 갚고 있었다니! 그 학자금은 정부에서 빌려주는 것인데 이자가 붙는다. 이자로만 수백만~천만 원의 돈을 낸다. 최소이율이라 하지만 정부마저 가난한 학생을 상대로 이자놀이를 하는 셈이다. 나머지는 말해 무엇하랴.

　우수한 성적으로 대학을 졸업한 제자가 기업에 들어가 하는 일은 인격적으로나 경영학적으로나 한참 부족한 창업주 아들,

딸의 뒤치다꺼리였다. 아니, 이 말은 거짓이다. 뒤치다꺼리에도 서열이 있다. 입사하고 20년 정도 초고속 승진을 해야 그것도 할 수 있다. 대학을 우수한 성적으로 졸업한 제자가 기업에 들어가서 하는 일은 엄밀하게 '창업주 2, 3세 뒤치다꺼리하는 이들의 보조'다. 한마디로 꼬붕의 시다바리다.

제자의 한마디에 나는 생각했다.
'한국 사회의 불평등에 대한 책을 써보자.'
하지만 내가 경제학자 토마 피케티(Thomas Piketty)처럼 거시적 시각으로 부익부빈익빈의 역사를 쓸 수는 없다. 《주적은 불평등이다》를 쓴 이정전 교수처럼 한국 금수저와 흙수저의 정치경제학에 대해 파고들 수도 없다.
나는 나의 한계를 잘 안다. 그 한계 안에서 내가 할 수 있는 일, 나만이 쓸 수 있는 일에 천착하면 된다. 나는 '스토리텔러'다. 같은 팩트를 놓고 누구는 정치적으로, 누구는 경제적으로 해석하지만 나는 이야기로 푼다.
유머와 해학을 가미한 스토리로 21세기 한국 사회에 만연한 불평등을 헤집는 것.
이게 이 책을 쓴 목적이다.

이야기는 이야기다. 사실도 주의도 구호도 아니다. 그러나 〈왕좌의 게임〉 시즌 8의 마지막 회에서 티리온 라니스터가 말했듯

"역사는 이야기가 있는 자가 이끈다."

나는 되도록 솔직하게 이 글을 썼다. 에두르지 않았고 조심하지 않았고 따지지 않았다. 왜 그런지는 모른 채 어딘지 불편하고 불안하고 억울한 시민들이 이 책을 읽고 "속이 다 시원하다"고 한마디해주면 좋겠다.

만약 당신이 부자와 권력자와 건물주라면 이 책의 이야기 소재가 되는 것에 너무 민감해하지 말라. 당신은 돈과 힘과…… 그리고 빌딩이 있지 않나.

오래 전 세상을 떠난 개그맨 김형곤 씨가 이런 말을 했다.

"정치인을 풍자하면 정치인이 불만이고, 경제인을 까면 경제인이 불평한다. 그래서 코미디 소재로 삼을 게 없다."

실제로 그는 정치·경제적 소재로 재밌게 희극을 하다 윗선의 제지로 그만두곤 했다. 이 책에는 박정희 전(前) 대통령 같은 시대의 거물을 비롯해 실명의 정치인, 경제인, 예술인에 대한 언급이 나온다.

그 정도 수준이 아니면 아예 언급을 하지 않았다. 그러니 이 책을 읽으며 화를 내거나 명예훼손으로 고소할 생각 말고 부디 "유머는 유머"로 받아들여 주시길 희망한다.

바람 부는 행신동에서

명로진

3 노예로 죽지는 말자

1 2 3

지랄도 정도껏 해라

자랑이나 하지 말지

2019년 5월, 미국 명문 스탠퍼드대학에서 부정입학 사건이 터졌다. 사건의 중심에는 싱가포르 국적의 중국인 자오위쓰(趙雨思)가 있었다. 싱가포르에서 손꼽히는 제약회사 사장인 자오타오의 딸 자오위쓰는 2017년 스탠퍼드대학에 요트 특기생으로 입학했다.

자오위쓰는 요트의 '요'자도 몰랐다. 미국 연방수사국(FBI) 발표에 따르면 자오타오는 딸의 입학을 위해 로비를 했는데 요트 코치에게 50만 달러, 입시 컨설턴트에게 600만 달러 등 우리 돈으로 총 75억 원을 건넸다. 자오타오는 "이 돈은 모두 스탠퍼드대학에 주는 기부금일 뿐"이라고 항변했지만 결론은 '실력도 안 되는 딸을 돈 써서 입학시킨 사건'이었다.

부전여전인가. 철없는 딸 자오위쓰는 SNS에 이따위 말을 하며 90분 동안 라이브 방송을 했다.

"스탠퍼드는 꿈이 아니에요. 목표를 향해 열심히 노력하면 이룰 수 있어요. 혼자 공부하면서 많이 힘들었는데, 그때 나를 이겨내도록 한 것은 승마였어요. 제가 왜 승마를 좋아하냐면요, 말을 탈 때는 자연과 하나가 되는 느낌이 들거든요."

나는 말을 사랑한다. 한때 스포츠신문에서 경마 담당 기자를 했다. 가까이서 말을 타고 쓰다듬고 어루만졌다. 말을 다루는 사람들이 얼마나 순수한지도 잘 안다. 승마가 얼마나 멋진 스포츠인지도 잘 안다.

그런데 한국이나 미국이나 문제를 일으키는 자식들은 왜 죄다 승마를 하는 걸까. 서민의 눈으로 보면 승마는 돈지랄로밖에 보이지 않는다. 최순실 사태의 핵심에는 정유라의 승마가 있었고 그 말값 30억 원은 삼성에서 냈다. 우리나라 재벌 3세 K는 낮에는 승마를 하고 밤에는 술 처먹고 사람 때리는 것으로 유명하다. K가 청소년 시절에 승마를 하겠다고 하자, 그의 아버지인 재벌 회장은 다음과 같이 말했다지.

"승마, 좋지. 승마를 하려면 승마장이 하나 필요하겠지?"

그러고는 K에게 수만 평의 승마장을 선물했다. 아들이 언제든 훈련할 수 있도록 배려한 거다.

이거 실화냐?

나도 이런 빽 하나 있었으면 좋겠다.

"아빠, 나 승마하고 싶어요!" 그러면 수억 원짜리 말이 딸린 승마장을 선물 받는다.

"아빠, 나 요트 타고 싶어요!" 그러면 다음 날 마리나에 요트가 한 대 떡! 하니 정박해 있는 것이다.

"아빠, 나 비행기 조종해보고 싶어요!" 그러면 다음 날 활주로에 비행기가 한 대 준비되어 있다고 상상해보라!

　

문제의 부정입학생 자오위쓰는 마치 자기가 엄청난 노력을 한 끝에 스탠퍼드에 들어간 것처럼 자랑했다. 자오위쓰는 스탠퍼드 입학이 부모의 부정행위 때문이란 걸 몰랐을까? 왜 몰랐겠나? 부모를 제일 잘 아는 건 자식이다. 이화여대에 부정입학한 정유라는 자기 실력으론 도저히 못 갈 대학에 갔다는 사실을 인지하고 있었다. 제 엄마가 돈 쓰고 빽 써서 집어넣었다는 걸 누구보다 잘 알고 있었다. 그랬기에 "돈 없고 빽 없는 너희 부모를 원망해, 이것들아!" 하고 일침을 놓았다.

자오위쓰나 정유라가 모르는 사실이 있다. 노력도 좋은 양육 환경의 결과라는 사실이다. 미국의 정치 철학자 존 롤스는 20세기를 대표하는 정치철학의 고전 《정의론(A Theory of Justice)》에서 이렇게 말했다.

노력하고 힘쓰며 일반적인 의미에서 가치 있는 존재가 되고자 하는 의욕 그 자체까지도 행복한 가정 및 사회적 여건에 의존한다.

…… 사람이 자발적으로 하고자 하는 노력은 그의 천부적 능력이나 기능, 그리고 그에게 가능한 대안들의 영향을 받게 된다. 보다 나은 자질을 가진 사람들은 다른 것들이 같은 경우 양심적으로 노력하기가 보다 쉬우며 그들에게 보다 큰 행운이 오리라는 것을 가벼이 여기기가 어렵다.

존 롤스, 《정의론》

존 롤스는 "누군가 노력해서 어떤 보상을 받았다고 해서 그가 그 보상을 당연히 누려야 하는 것은 아니다. 능력 있는 사람의 성공에는 공동체의 몫이 반드시 들어 있다"고 못 박는다. 성공한 사람이 성공으로 인한 이익을 독차지해선 안 되며 자기보다 재능이 부족한 사람들과 함께 나누어야 한다는 주장이다. 부와 소득을 똑같이 나누라는 게 아니라, 사회적 기본 구조를 조정해서 잘난 사람들의 성공이 그보다 못한 차등의 위치에 있는 이들에게도 혜택이 돌아가도록 하자는 거다. 이게 존 롤스의 '차등의 원칙(Difference Principle)'이다.

《정의란 무엇인가》를 쓴 마이클 샌델 교수는 존 롤스의 사상적 제자인데, 그가 하버드 대학생들 앞에서 이런 이야기를 하면 애들이 강력히 반발한단다.

아마도 이런 소리를 하지 않을까?

"무슨 소리냐! 하버드 입학하려고 내가 얼마나 노력했는데!"

"노력도 좋은 환경의 결과라고? 불 쉿!"

"남들 놀 때 난 공부해서 여기까지 왔거든?"

얼마 전 나는 연세대학교 공학 대학원생들에게 물었다.

"SKY에 입학하는 것은 자기 노력의 결과인가? 유복한 환경의 결과인가?"

반은 전자에, 반은 후자에 손을 들었다. '자기 노력의 결과'라고 답한 학생 중 한 명은 "아무리 환경이 좋아도 노력하지 않으면 명문대에 들어올 수 없다"면서 자기 후배 한 사람은 집안도 좋고, 과외도 비싸게 받고, 모든 지원을 받았지만 SKY에 들어올 수 없었다고 강변했다.

다른 예를 들어보자. 몇 년 전 케이블 텔레비전에서 영국의 음대생들을 상대로 한 오디션 프로그램을 방영한 적이 있다. 런던의 로열 음악 아카데미에서 6개월 동안 훌륭한 선생에게 레슨받고 연습하면서 수차례 오디션을 본다. 최종 오디션에 합격한 학생에게는 독주회 개최와 음반 리코딩의 기회가 주어진다. 바이올린 주자로 첫 오디션에 통과한 학생 중 한 사람인 캐런(가명)양은 늘 연습 시간에 쫓긴다.

왜? 그녀의 이야기를 들어보자.

"저는 집안 사정이 좋지 않아서 낮에 4시간씩 아르바이트를 해야 해요. 다른 친구들은 그 시간에 연습을 하죠. 물론 누구도 하루 종일 연습할 수는 없어요. 쉬기도 하고 책도 읽겠지요. 하지만 저는 아르바이트를 오가는 시간 때문에 하루에 5시간은 빼놔야 하고 남는 시간에 연습해야 해요. 절대적으로 시간이 부족하죠. 잠을 줄여보지만 그것도 한계가 있어요……."

결국 캐런은 두 번째 오디션에서 떨어졌다. 다른 학생들은 풀타임 연습러들이다. 부모의 지원 덕에 힘들게 아르바이트해서 학비를 벌지 않아도 된다. 캐런도 다른 친구들도 '노력'한다. 하지만 과연 이게 같은 조건의 '노오력'일까?

고등학교 다니던 시절이 생각난다. 내가 다니던 B 고교는 서울역 근처에 있었는데 서울 전역, 심지어 안양에서도 등하교하는 학생들이 있었다. 당시 B교는 신흥 명문이어서 한 해에 서울대, 연대, 고대에 100명 이상 입학시켰다. 나는 구로구 독산동에서 버스를 타고 학교에 오갔다. 104번 버스를 타고 안양에서 다니는 동기들도 몇몇 있었다. 친구 중 모 기업체 사장의 아들인 준수는 자가용으로 등하교했다. 대중교통을 이용하면 독산동에서 학교까지 30~40분, 안양에서는 한 시간이 걸린다. 앉을 때도 있지만 서서 갈 때가 더 많다. 과연 버스를 타고 매일 등하교하는 우리와 기사가 모는 자가용에 앉아서 학교를 오가는 사장 아들은 같은 환경이라고 볼 수 있을까?

우리가 만원 버스에서 사람들과 부대끼며 힘겹게 학교를 오갈 때 준수는 대우 자동차 로얄 살롱 뒷자리에서 쪽잠을 잤다. 등하교에 한 시간이 소요되므로 그는 한 시간씩 낮잠을 자며 피로를 풀었다. 늘 잠이 모자라는 고3 시기에 하루 한 시간의 수면시간이 더 있고 없고는 성적에 절대적인 영향을 미친다. 과연 준수와 보통아이들이 같은 노력을 했다고 전제할 수 있을까? 피곤에 찌든 나와 안양 애들이 쉬는 시간에 책상에 엎드려서 잘 때, 준수는 공부하면서 생각했으리라.

'그래, 너희들은 자라. 나는 열심히 노력해서 서울대 가련다.'

결국 준수는 서울대를 못 갔다. 대신 연세대를 갔다. 그게 그의 한계다. 하지만 준수와 같은 실력을 가진 안양 친구들은 연세대에 입학하지 못했다. 나는 연세대에 입학했다. 중2 때 아버지의 사업 부도로 집안이 망한 뒤, 부친이 소유한 주택의 평수는 차고가 딸린 60평 단독에서 독산동 26평 연립으로, 다시 부천 원미동의 19평 다세대로 점점 쪼그라들었다. 중2부터 고3까지의 중요한 시기에 나는 아르바이트를 해야 했고, 늘 용돈이 모자랐고 도시락 반찬은 김치 위주의 저단백 식이었다. 식당을 하시는 어머니를 도와야 했고 부모님의 부재 때문에 이런저런 가사 노동에 참여해야 했다. 연세대에 입학했을 때도 부모님은 축하보다 돈 걱정을 먼저 했다. 합격 소식을 접하고 어머니는 이렇게 말했다.

"로진아……, 입학금하고 첫 학기 등록금은 마련해보겠는데 그다음부터는 너도 아르바이트를 해야 한다.”

이런 환경에서 '노력'이 제대로 이루어질 수 있을까? 모친은 얼마 동안 "집안 형편만 좀 좋았으면 우리 아들 분명히 서울대 갔을 텐데……"라는 말을 입에 달고 살았다. 앞서 말한 《정의론》의 이론에 따르면 모친의 가설이 맞다. 누구나 노력은 한다. 그런데 그 노력이란 것도 철저히 사회적, 가정적 환경의 산물일 수 있다. 내 말이 아니라 세계적 석학이신 존 롤스 선생의 말이다.

하버드대학이나 스탠퍼드대학을 아무나 입학할 순 없다. 머리도 좋아야 하고 공부도 열심히 해야 하고 집안의 뒷바라지도 있어야 한다. 대체로 가정환경이 유복하고 공부 말고는 아무 걱정을 하지 않아도 되면 더 쉽게 노력할 수 있다.

남들보다 잘 사는 집 자제로 좋은 대학에 갔다면 조용히 지내라. 가난한 집 자식으로 같은 대학에 들어온 친구가 있다면 그 앞에서 입을 다물어라. 그들은 당신보다 몇 배 더 어려운 감정노동을 겪으며 그 자리까지 왔다. 부잣집 자식이고 허우대 멀쩡하고 명문대까지 갔다면, 언젠가 청문회에 불려 나온 재벌 3세처럼 어리바리하게 굴어라. 그게 잘난 사람의 생존법이다.

가오위쓰나 정유라 따위처럼 "열심히 노력하면 꿈을 이룬다"느니 "공부하다 지치면 승마하면서 나를 극복했다"느니 떠들지 마라. 가난 속에서 공부한 애들은 겉으론 웃지만 속으론 분노한다. 그 분노가 언젠가는 당신을 태우리라.

오뚜기 함연지가 무슨 죄?

2018년에 식품 회사 오뚜기 창업주의 손녀인 함연지 씨가 텔레비전에 나와 유명해졌다. 동영상 사이트는 '주식 부자 오뚜기 함연지' 등의 자극적인 제목으로 조회자를 꾄다. 그녀의 할아버지가 오뚜기라는 식품 회사를 창업했다. 그뿐이다. 그녀의 아버지가 이 회사를 물려받아 운영하고 있다. 그뿐이다. 그 과정에서 그녀는 오뚜기 주식을 물려받아 328억 원의 주식을 보유(2019년 2월 말 현재)하고 있을 뿐이다. 이게 죄란 말인가? 이 모든 과정에 함연지는 관여한 바가 없다. 심지어 그녀는 "내 주식 가치가 그렇게 높다는 것도 신문 보고 알았다"고 고백했다(나는 매일 통장을 들여다보기에 내 자산 가치를 정확히 안다). 함연지는 결백하다.

그녀는 어떻게 해서 뮤지컬 배우가 되었는가? 그녀는 초등학교 시절 뉴욕 브로드웨이에서 뮤지컬 〈미녀와 야수〉를 보고 '뮤지컬 배우가 되겠다'는 꿈을 꾼다. 초등학생인 그녀가 혼자 브로드웨이에 갈 일은 없었을 테고 부모님이나 친척 또는 어른이 데려갔을 거다. 이게 함연지 잘못인가? 요즘 초등학생 정도의 아이들은 1년에 한두 번은 해외여행을 하지 않는가?

그녀는 뉴욕대학교 티시예술학교(Tisch School of the Arts)에서 연기를 전공했다. 이 학교는 미국 내 영화 부문 랭킹 1위의 명문이다. 36명의 노벨상 수상자를 배출한 뉴욕대학교의 연간 학비는 약 5만 불, 생활비는 약 3만 불 이상이 든다. 뉴욕대학교 공식 사이트에는 티시예술대학에서 1년 동안 공부할 때 드는 비용이 기숙사 포함 $83,859이라고 친절하게 명시되어 있다. 기숙사가 아닌 곳에서 묵으면 1년에 10만 불 정도는 우습게 들어간다. 학부를 졸업하려면 40만 불! 우리 돈으로 4억 5천만 원이 든다.

나를 포함한 서민들은 저 액수를 보면 화들짝 놀라지만 함연지 씨는 이런 우릴 보면서 이상하게 생각할 거다. '왜? 그냥 오뚜기 주식 600주만 팔면 되는데⋯⋯(2019년 3월 기준 오뚜기 주식 1주는 79만 원이다).' 약 4만 주의 주식을 소유한 연지 씨가 600주 정도를 팔아서 유학 다녀오겠다는데 그게 무슨 문제인가? 누구의 도움을 받은 것도 아니고, 그저 함 씨가 열네 살이던 2006년에 부모님이 물려주신 주식을 갖게 된 것뿐이다. 이게 함 씨 잘못이란 말인가? 이게 부친 함영준 회장의 잘못이란 말인가? 아니면 오뚜기 창업주인 연지 씨 할아버지의 잘못이란 말인가? 그 누구의 잘못도 아니다. 심지어 오뚜기는 '착한 기업'이라는 이미지와 함께 '갓뚜기'라는 별명으로 불리고 있다.

그런데 그 별명을 얻게 된 이유를 보면 슬퍼진다. 2016년 창업주인 함태호 명예회장이 작고하면서 함영준 회장이 오뚜기 주식 3,500억 원 상당을 물려받게 되었는데 증여세만 1,500억 원을 내야 했다. 함영준 회장은 과감히 이를 다 내기로 결정해 화제가 됐다. 신문에는 "증여세 5년에 걸쳐 전액 내기로 해 화제"라고 나왔다. 잘 생각해보라. 증여나 상속을 받았으면 당연히 세금을 내야 한다. 그게 법이다. 내야 할 세금을 냈다는 것, 이게 전부다. 그렇게 해서 '착한 기업' 이미지를 얻었다. 슬프지 않은가?

당시엔 온갖 불법, 탈법으로 증여세를 안 내거나 줄이려는 재벌들이 많았다. 특히 삼성 그룹은 '국민연금-최순실' 커넥션으로 수천억 원의 증여세를 내지 않고 오너의 재산을 수조 원으로 불렸다는 의혹에 휩싸여 있었다. 삼성이 잘하면 다 잘하는 건데…….

세계 속의 '샘송'은 핸드폰 잘 만들 줄은 알았지만 도덕성은 부족했다. 샘송의 한계가 곧 코리아의 한계였다. 그러니 문재인 대통령은 슬프게도 자산 순위 250위 언저리의 중견 기업 오뚜기의 회장을 취임 첫 '기업인과의 만남'에 초청해야만 했다. 역으로 말하면 1위부터 250위까지는 다 썩었다는 의미다.

다시 함연지 이야기로 돌아가자. 함연지가 인기 프로그램 〈해피 투게더〉에 나온 것은 누가 결정했을까? 〈해피 투게더〉 피디가 결정했을 것이다. 그녀는 뮤지컬 배우로 소개되어 뮤지컬 배우가 되기까지 자신이 얼마나 노력했으며 훌륭한 뮤지컬 배우가 되기 위해 현재도 애를 쓰고 있다는 말을 전했다. 그 노력을 부인하지 않는다. 그런데 묘하게도 2015년 오뚜기 카레 CF에는 당대 최고의 뮤지컬 배우 마이클 리와 임태경이 나온다. 당시 그녀와 함께 뮤지컬을 했던 것 같다. 연지 씨는 이 CF에 얼마나 관여했을까? "함연지가 디렉팅을 했다"는 소문에 대해 연지 씨는 "저따위가요?" 하며 저자세를 취했다. 연지 씨는 그저 아빠에게 "우리 팀이랑 CF 하나 찍으면 안 돼요?" 했을지도 모른다. 혹은 사랑이 넘치는 아빠가 딸에게 "같이 일하는 팀하고 CF 하나 찍으렴" 했을지도 모른다. 이게 잘못인가? 누누이 말하지만 연지 씨도 그의 아빠인 함영준 회장도 아무 잘못이 없다. 여유 있는 계층의 돈독한 부녀 사이는 오히려 칭찬할 만하다(이 대목에서 나는 이런 아빠이지 못했던 선친과 이런 아빠가 못 되는 나를 탓할 뿐이다).

백 배 양보해서 〈해피 투게더〉에 함연지 씨가 출연한 것은 하자 없는 행위였다 치자. 그러나 그 이벤트는 함 씨와 비슷한 수준의 뮤지컬 배우들에게 환영받을 일만은 아니다. 2019년 현재 우리나라에서 공연되는 뮤지컬은 무려 500여 개나 된다(인터파크 집계). 주·조연 배우들은 수백 명이다. 이 배우들은 함연지 씨 정도의 실력을 갖추고도 그녀만큼 주목받지 못하는 것이 억울할지도 모른다. 기실 그들이 가장 억울해할 부분은 함연지 씨처럼 열네 살 때 주식을 물려받지 못한 것이다. 세상은 십대 때 수십 억 원의 주식을 물려받는 사람들과 그렇지 못한 사람들로 나뉜다. 이 두 계층은 처음부터 갈 길이 다르다.

나는 2019년 초 뮤지컬 〈노트르담 드 파리〉에서 함연지가 플뢰르 드 리스 역을 맡은 것을 보고 안도의 한숨을 내쉬었다. 실로 정확한 캐스팅이었다. 〈노트르담 드 파리〉의 여주인공인 에스메랄다 역을 맡았다면 무리였을 것이다. 함연지 이미지에는 귀족 아가씨 플뢰르 드 리스가 맞다. 정열의 집시 여인 에스메랄다는 그녀 내면에서 이끌어내기 힘들었을 것이다. 에스메랄다라는 인물 성격의 핵심은 결핍인데 함연지에게는 결핍이 결핍되어 있다. '없는 것이 없는' 상황은 무엇이든 다 있는 풍요다. 나는 연지 씨를 비난하거나 폄하하기 위해 이 글을 쓰는 것이 아니다. 3백 억 원이 아니라 3조 원이 있어도 인정받지 못하는 삶은 누구에게나 괴롭다. 다만 누군가 인정을 위해 애쓸 때 누군가는 생존을 위해 목숨을 건다는 사실을 잊지 말자는 것뿐이다.

예술이 가진 풍자는 이렇게 역설한다. 연예인 주식부자 5위가 아무리 많은 것을 가졌다 해도 이 세상에서 단 하나는 가지지 못했다고. 그것은 바로 '없는 자의 마음'이다.

(이렇게라도 위로하지 않으면 너무 비참할 거 같다. 스트레스받을 땐 카레가 최고. 오뚜기 카레나 먹자…….)

빚 구덩이의 시작, 대학

대학에서 시간 강사로 일하는 나는 오늘날 한국의 대학교에 대한 슬픈 자화상을 종종 목격한다. 내가 다니는 단과대학은 얼마 전 신축 건물을 지었다. 1년 동안 그 건물의 1, 2층에는 근사한 공간이 있었다. 새 테이블과 편한 의자가 있는 100여 평의 스터디 룸이었다. 나는 시간 날 때마다 이곳에서 글도 쓰고 책도 읽었다. 1년 뒤, 봄 학기가 개강되어 가보니 그 자리엔 떡 하니 커피숍이 들어서 있었다. 갈 곳이 없다. 나 같은 시간 강사는 '시간 강사 휴게실'이라도 있지만 평소 이곳을 이용했던 학생들은 커피를 마시지 않는 한 여기 들어올 수가 없다.

나는 뒤늦게 대학원에 다녔다. 2016년부터 2년간 대학원생 신

분이었다. 그때 시간이 남아 체육관에 운동하러 갔더니 오 마이 갓! 회비를 내야 운동을 할 수 있단다. 대학에 다니는 학생이 대학 체육관을 이용하면서 회비를 낸다는 사실 앞에 나는 아연실색했다. 도대체 이런 깜찍한 발상은 누가 하는 걸까? 그 순간, '정말 돈 되는 곳은 죄다 뜯어내는구나'라는 생각이 절로 들었다.

중국 역사를 보면, 혼란한 시대에 꼭 등장하는 혹리(酷吏)가 있다. 이들은 이곳저곳을 다니면서 '어디 세금 더 뜯어낼 데 없나?'만 연구하고 다녔다. 이런 작자들이 판치면 얼마 뒤엔 꼭 나라가 망했다.

아마 대학에도 그런 직원이 있을 거다. 여기저기 돌아다니면서 '아니, 체육관에 학생은 공짜로 들어간다고? 무슨 소리야? 이 좋은 체육관을 왜 공짜로 쓰게 해? 학생 1인당 월 3만 원만 받아도 1년에 십수 억이 생기는데! 여기도 회비 때려!' 뭐 요런 아이디어를 창출해내는 직원 말이다.

제발 학생들 상대로 장사하지 마라. 우리나라의 명문 사학은 서양 선교사들이 헌금으로 세웠다. 그들은 자기 나라로 돌아갈 때 땡전 한 푼 받지 않고 고스란히 한국민에게 학교를 기부했다. 가난하지만 배우려는 젊은이들에게 기꺼이 공부할 수 있는 터전을 내주려는 게 그들의 뜻이었다. 연세대도, 세브란스도 그런 숭고한 뜻으로 세웠다.

그런데 이제 와서 학생들한테 푼돈을 뜯어내면 되겠나! 최소한, 체육관은 무료로 이용하게 하라. 기숙사도 실비만 받아라. 주차비도 학생과 교직원에겐 좀 받지 마라.

우리나라에서 대학은 너무 폐쇄적인 구조다. 지역 사회에 대한 기여는 아예 안 하거나 최소화한다. 내가 살던 쌍문동에는 근사한 운동장을 가진 덕성여대가 있었는데 몇 년 전 아이와 함께 들어가려다 제지를 받아 '대학에 일반인은 못 들어가는구나' 하고 말았다.

도서관은 어떨까? 대부분의 대학 도서관 규정은 다음과 같다.

"일반인은 출입하여 책을 '볼' 수는 있으나 책상에 앉아 '자습'은 못 한다."

이건 그냥 들어오지 말란 얘기다. 연세대의 경우, 일반인이 도서관을 이용하면서 도서 대출을 하려면 1년에 30만 원의 회비를 내야 한다. 한마디로 대학은 한 학기에 기백만 원씩 내는 학생들의 것이지, 지역 주민의 것은 아니란 소리다. 그런데 어떤 교수들은 "대학은 학생의 것이 아니라 교수의 것이다"라고 지껄인다 (사실, 알고 보면 맞는 말?).

이제 한국의 대학은 이익집단을 넘어 거대한 착취 구조로 변했다. 착취의 대상은 학생이다. 착취의 주체는 대학이 첫째요, 대학 주변에 기생하는 기성세대가 둘째다. 기숙사비가 한 달에 50~60만 원에 달하고 대학 앞의 원룸도 다른 곳보다 비싸다. 웃기는 건, 대학에서 기숙사를 지으면 지역 주민이 반대한다는 거다. 왜? 자기들이 보유한 원룸을 이용할 학생이 줄어드니까.

나는 얼마 전, 집필실 마련을 위해 대학가를 뒤져보다 대학 주변 원룸이나 오피스텔이 다른 지역보다 평균 10~20퍼센트나 비싸다는 사실을 알았다. 다음은 한 부동산 중개인의 말이다.

"신혼부부는 와서 어떻게든 가격을 깎으려고 하는데 대학생들은 엄마한테 전화해서 '엄마, 여기 얼마 얼마래'라고 하면 그만이거든."

그나마 전화할 엄마라도 있으면 다행이다. 엄마가 돌아가셨거나, 이혼했거나, 저소득층이면 전화할 곳도 없다.

21세기 대학의 모습에는 자본주의의 온갖 모순이 점철되어 있다. 대학 내에서 일하는 청소 용역 등 비정규직 노동자들은 다른 어느 곳보다 박한 대우를 받는다. 수백억 원의 적립금을 쌓아 놓고 시간 강사에게는 시간당 몇만 원의 강사료를 준다. 시험 채점 때문에 하루 학교에 다녀오면 통장에 수당 7만 원이 들어온다. 대학에서 정식 교직원이 아닌, 그러나 대학 내 강의의 50퍼센트를 담당하는 비전임 교원에 대한 대우를 겪다 보면 헛웃음밖에 안 나온다.

대학의 입장은 이런 거다.

"당신이 어디 가서 ○○대에서 가르친다고 뻐기겠나? 너 말고도 할 사람은 많으니 닥치고 수업!"

대학마다 스타벅스나 커피빈 같은 브랜드 카페가 들어와 있고 이곳의 커피 값은 대학 밖의 커피 값과 같다. 장학제도를 유지하고는 있지만, 수업료에 비하면 새 발의 피다. 가난한 학생은 학자금 융자를 받을 수밖에 없다. 그러니 졸업 때는 이미 꽤 많은 빚을 질 수밖에 없는 구조다. 내가 가르치는 대학원생들은 낮에 직장을 다니는데 이 중에도 융자받는 학생들이 꽤 있다. 일반 학부생들은 오죽하겠나?

'빚 좋은 개살구.'

이게 오늘날 우리 대학의 모습이다. 대학을 졸업하는 서민의 자식은 사회의 출발선에서 이미 몇천만 원의 빚을 떠안고 있다. 남들은 가볍게 스타트하는데 무거운 완전군장 배낭을 주렁주렁 매달고 뛰는 꼴이다. 대학 건물은 그럴듯하고 대학 내 시설은 화려하지만, 그 속을 배회하는 학생들이 모두 부잣집 자식은 아니다. 그러나 대학을 운영하는 사람들은 캠퍼스를 거니는 학생들을 모두 봉으로 본다. 그들에게 학생들은 그저 일 인당 기천만 원씩 이익을 가져다주는 '걸어 다니는 황금알'일 뿐이다. 수업료로 뜯고, 먹는 것에서 뜯고, 자는 것에서 뜯는다. 한마디로 학생들은 대학 경영자가 뜯기 좋은 갈빗살에 불과하다. 어리고 어리석은 학생들은 그렇게 살은 내주고 뼈만 남은 채 대학을 떠난다.

물론 개중에는 학위 컬렉션이 취미여서 대학을 다니는 청춘도 있다. 또, 30대 중반까지 부모님이 대주는 학비와 용돈, 혹은 어린 시절 물려받은 주식의 일부로 대학에 적을 두는 사람도 있다. 이들의 생각은 이렇다.

'아니, 주식이 없어서 대학을 못 다닌다고? 그럼 건물을 팔면 되잖아.'

하지만 대부분의 젊은이는 아등바등 대학에 다닌다. 고시원 또는 그에 준하는 원룸에 살면서 컵라면으로 끼니를 때워가며 힘겹게 공부하는 이들이 아직도 많다. 해외 연수나 유럽 여행 같은 건 아예 꿈도 못 꾼다. 최저임금 받고 아르바이트를 하며 고학하는 친구들이 주변에 부지기수다. 대학을 졸업해도 취업이 어렵고 취업해서 월급을 받아도 융자금 반환이 최우선이다. 그러다 보니 그들은 여전히 쪼들리며 살아야 한다.

통계청의 '가계금융-복지 조사'를 보면, 2016년 30세 미만 가구의 금융부채는 3,456만 원으로 전년보다 15.2퍼센트 늘었고 2017년에는 4,778만 원으로 32.4퍼센트나 늘었다. 전체 금융부채 증가율 8.4퍼센트보다 4배 가까이 된다. 2018년에는 금융부채액이 0.9퍼센트 줄었으나 빚을 진 가구의 비율은 오히려 1.1퍼센트 늘어났다. 청년층 빚의 원인은 학자금 대출이다. 배우기 위해 빌린 돈이 결정적인 족쇄가 된다. 2018년 각종 신문에서는 일제히 학자금 대출에 대한 기사를 실었다. 학자금 미상환율이 2016년 7.2퍼센트에서 2017년 8.1퍼센트가 됐는데 미상환율이 오른 건 2012년 통계 작성 이후 처음이란다.

졸업하는 순간부터 신용불량자가 될 가능성을 안고 살아가는 게 21세기 대한민국의 젊은이다. 그들에겐 하루하루가 불안하고 하나하나가 불만이다.

젊은이가 불편하면 사회가 불편하다. 나를 포함한 아재와 꼰대와 늙은이들은 이제 청춘을 위해 특단의 대책을 내놓아야 한다. 그렇지 않으면, 한국의 미래는 디스토피아(Dystopia)다.

욕되고 더럽다

신동윤 선생은 네이버 한자사전 「한자로드」 사이트에, 갑골문에서 비롯된 한문의 변화과정을 설명하면서 '욕될 욕(辱)'자를 이렇게 해석해놨다.

辱자는 辰(별 진)자와 寸(마디 촌)자가 결합한 모습이다. 辰자는 농기구의 일종을 그린 것이다. 여기에 사람의 손을 그린 寸자가 결합해 있으니 辱자는 밭일하는 모습을 그린 것이라 할 수 있다. …… 辱자의 본래 의미는 '풀을 베다'나 '일을 한다'였다. 그러나 일이 고되다는 뜻이 확대되면서 후에 '욕되다'나 '더럽히다'라는 뜻을 갖게 되었다.

즉, 일이 고되니 욕되고 더럽다는 뜻이다. 자연 상태의 맹수들은 사냥이 끝나 배가 부르면 더 이상 먹이 활동을 하지 않는다. 쉬거나 잠을 잔다. 원시시대의 인간도 배부르게 먹으면 쉬었다. 기원전 7천 년경 인류가 수렵 · 채집 경제에서 농사 경제로 이행하면서 인간은 끝없는 노동의 시대로 들어섰다. 농업혁명이라고 부르는 일련의 과정은 착취와 억압의 시작일 뿐이었다. 농사를 지으면서 인간은 욕되고 더러운 일을 해야 했다.

김산해가 쓴 수메르 신화《최초의 신화 길가메쉬 서사시》를 보면 태초에 땅에는 신들만 존재하고 있었다. 이때는 신들도 노동을 했는데 상급 신과 하급 신 중 주로 하급 신이 고된 일을 맡아서 해야 했다. 하급 신들은 40년 동안 지속된 끔찍한 노역을 견디다 못해 결국 반란을 일으킨다. 이때, 상급 신들은 다음과 같은 깜찍한 아이디어를 낸다.

산파의 여신이 사람을 만들게 합시다! 사람이 신들의 노동을 대신하게 합시다.

상급 신들의 도움 요청에 산파의 여신 닌투는 하급 신의 살과 피를 찰흙과 섞었다. 창조의 신 엔키는 하급 신의 피를 정화한 뒤 흙과 섞어 '아윌루(Awilu)'를 만든다. 아윌루는 아카드어로 '사람'이라는 뜻이다. 이들은 오로지 '신들의 노동을 대신하기 위해' 만들어졌다. 나는 이 책을 읽다가 이 부분에 "하하하"라고 메모를 해놨다. 봐라, 신조차 노동은 싫어하신다.

노동은 신성한 것이라고? 정말?

나는 감히 말한다. 휴식이야말로 신성한 것이라고. 노동은 그저 생존을 위한 최소의 양만 하면 된다. 오죽하면 아리스토텔레스가《정치학》에서 "스파르타 놈들은 일만 하고 놀 줄 몰라서 안 돼"라고 말했겠나. 그는 "여가를 위해서 노동을 선택해야지, 노동을 위해서 여가를 즐기면 안 된다"고 했다. 왜? 일만 하고 놀 줄 모르면 바보가 되기 때문이다. 오죽하면 영어 속담에 'All work and no play makes Jack a dull boy(일만 하고 놀지 않으면 우둔한 사람이 된다)'라는 게 생겼을까.

신의 관점에서 봐도 노동은 하급 신의 영역이다. 수메르 신화 속의 상급 신들은 창조하고 리드했다. 수메르의 문화를 이은 바빌로니아 신화의《창세기》에도 다음과 같이 묘사되어 있다.

신들은 노역의 고통으로부터 해방되어 자유를 얻었으며, 사람이 신들 대신 그 일을 감당하게 되었다.

김산해,《최초의 신화 길가메쉬 서사시》

노동에서 해방되어 자유롭게 존재하는 것이 신의 영역이다. 힘들게 일하는 것은 인간의 영역이다. 그것도 신을 대신해서 억지로 하는. 그러므로 지금 당신이 휴식을 취하고 여가를 누린다면 신처럼 사는 거다. 일하고 있다면 '더럽고 욕되게' 사는 거다.

우리가 사장이 되고 대표가 되고 CEO가 되려는 이유는 일을 덜하기 위해서다. 특히 더럽고 욕된 일을 하지 않기 위해서다.

천민자본주의가 판치는 21세기 대한민국에서는 이상한 일들이 벌어진다. 모 항공사 대표 가족은 사원들에게 욕되고 더러운 일을 시키는 게 아니라 사원들을 욕되고 더럽게 대한다. 강압과 폭력 혐의로 구속된 IT기업 대표는 욕되고 더러운 일을 시키는 것도 모자라 아랫사람을 욕하고 더럽게 취급한다.

나는 한자의 어원을 알 때마다 중국 고대인들의 지혜에 깊이 감탄하곤 한다. 갑골문에서 말하는 노동은 이미 그 자체로 '욕되고 더러운 것'이다. 일을 시키는 것 자체가 모욕을 주는 행위다. '노동하기 좋은 환경' 따위는 없다. 아무리 인테리어가 좋고 구내식당 밥이 좋고(수십 조씩 버는 재벌 그룹에서 밥이나 따지고 있다니? 당연히 특급호텔처럼 나와야지. 이걸 아끼려고 '원가 절감' 운운한다) 복리후생이 좋다 한들 소용없다. 남을 위해 하는 노동 자체가 치욕이다. 그러므로 이 시대의 CEO들은 사원을 대할 때 '내가 니들을 먹여 살린다'라고 생각하지 마라. 사원들은 당신을 위해 지금도 모욕을 당하고 있는 중이다. '근무 중'이 아니라 '모욕 중'이다. 당신이 좋은 리더라면 주 52시간씩 모욕 중인 사원들한테 미안해하고 죄송해하면서 잘 모셔야 한다(네가 하기 싫은 일 걔가 하면서 네 주머니에 돈 채워주고 있는겨, 지금. 알기나 해?).

너희 가족끼리 축하하렴

프리랜서로 일하다 보면 별일을 다 하게 된다. 한번은 한 중견 기업이 창업 반세기를 맞아 기념하는 책을 만들어서 주요고객에게 나눠줄 예정이니 글을 써달란다. "기업의 발전상을 재밌고 유익하게 쓸 사람을 구한다"기에 회의에 들어갔다. 이들이 만들려는 건 기존에 보아온 구린(!) 하드커버의 기업역사 서술지가 아닌, 일러스트와 팝업 기능까지 들어간 신선한 책이었다.

아이디어는 좋았다. 기업의 팀장부터 사원까지 여섯 명이 참가했고 에이전시와 제작자까지 총 열 명이 함께했다. 결론은? 창업주가 얼마나 애써서 지금의 훌륭한 기업을 일구었는지 중심으로 스토리를 짜기로 했다. 이 프로젝트는 3개월 남짓 걸린다. 100

일 동안 열 명의 엘리트가 시간과 정열을 바쳐서 한 기업가의 일생을 홍보하는 데 매달리는 셈이다. 나는 며칠 뒤 이 일에 불참을 선언했다(실은 짤렸다). 내가 쓰는 글이 이들이 요구하는 카피와 달랐기 때문이다. 회의에 참석하고 나서 내가 느낀 건 '세상엔 치사한 일하면서 월급 받는 사람 많구나'였다.

창업주란 사실 '사원 일 시켜 먹으려고 회사 세운 사람'에 불과하다. 고등학교 교과서에 딸린 《역사 부도》 연대표에는 한국사 중 1910년부터 1945년까지를 '국권침탈기'라고 명기해놨다. 1945년부터는 그냥 '대한민국'이다. 나는 이 명칭에 반대다. 이승만, 박정희, 전두환 독재 정권이 1948년부터 1987년까지 유지됐다. 이 시기를 나는 '국권침탈기'에 대응하여 '민권침탈기'라고 명명하겠다. 일제 강점기 기업들이 일본 국력에 도움을 주지 않고는 배겨나지 못했듯이 대한민국 현대사의 창업주들은 39년 민권침탈기 속에서 독재 정권에 어떤 형태로든 협조하지 않고는 살아남지 못했다. 일일이 예로 들지 않겠다(정수장학회와 대우를 검색해서 공부해보면 설명은 끝난다). 고로 창업주란 건 독재자들에게 적당히 아부도 하고, 세금도 적당히 떼어먹고, 운영비도 후려치고, 임금은 동결시키거나 찔끔 올리면서 사업을 해온 거다. 안 그랬으면? 벌써 망했다.

야생으로 치면 사자나 표범 같은 맹수다. 2019년 내셔널 지오그래픽 채널에서 방영한 자연 다큐멘터리 〈킹덤〉을 보면 맹수들의 이면이 나타난다. 표범은 초식동물들에겐 갑이지만 사자에겐 을이다. 사자보다 몸집도 작고 힘도 약하기에 일대일로 사자를 만나면 도망가고 본다. 암사자는 표범 새끼를 보면 물어 죽이고 다 자란 표범도 걸핏하면 죽여버린다. 이들이 모두 자기와 제 새 끼들의 라이벌이기 때문이다.

같은 맹수지만 치타는 표범에게 밀리고 표범은 사자에게 당 한다. 기업도 마찬가지다. 매출 천 억의 기업은 1조 기업에 밀리 고 1조 기업은 10조 기업에 당한다. 먹고 먹히는 약육강식의 밀 림에서 동정은 없다. 하지만 사바나에 육식동물만 있다면 이들 은 곧 멸망할 것이다. 육식동물에겐 초식동물이 생존 근거다. 초 식동물을 잡아먹어야만 육식동물은 존재할 수 있다. 초식동물만 있어도 생태계는 유지되지 않는다. 번식력을 자랑하는 초식동물 의 개체가 늘어나 포화상태가 된다. 맹수들이 가젤이나 누 중에 일부를 잡아먹어 줌으로써 자연은 온전하다. 단, 자연 속에는 조 화가 있다. 잡고 먹을 용량이 제각각 정해져 있기에 생태는 보존 된다. 만약 사자나 표범이 무한대의 식욕과 무한량의 위를 갖고 있다면 초식동물은 모두 멸망할 수밖에 없다.

인간 사회, 특히 자본주의 사회는 자본가에게 무한대의 욕망 과 무한량의 착취를 허용했다. 이들은 돈 되는 일은 무슨 짓이든 한다. 국민연금을 조종해서라도 자신의 재산을 늘리고, 동네 슈 퍼를 다 없앤다. 물가상승률에 못 미치는 임금상승률로 생색을 내거나 알량한 보너스를 주면서 근로자를 달랜다. 전체 국민 대다수를 비정규직으로 만들어 간신히 밥이나 먹고 살게 만들면서 온갖 추잡한 요구를 다 한다. 자존심이나 권리, 인간 존엄 따위는 개에게나 주고 살아야 하는 곳이 21세기 한국이다. 그러면서 이 렇게 훈육한다.

"네가 가난한 것은 네 탓이다."(죄책감이 든다.)
"네가 가난한 것은 네 부모 탓이다."(틀린 말은 아니다.)
"네가 가난한 것은 네 조부모 탓이다. 친일이라도 하지 그랬니?"
(할아버지 일찍 돌아가셨다. 왜?)

30대에 아이를 낳고 나서 내가 들은 이야기 중 나를 가장 심하게 좌절시킨 문구는 기요사키라는 시키의 말이었다. "부자 아빠는 '너 때문에 부자가 되어야겠다'라고 말하고 가난한 아빠는 '너 때문에 가난해졌다'고 말한다."(기요사키는 그렇게 "부자 부자"하더니 부도를 내고 몰락했다. 왜 때문에?)

다시 창업주 이야기로 돌아가자. 그 회사는 어떤 책을 만들어야 했나? 창업 반세기인데 기업의 역사를 홍보해야 하지 않겠나? 당연히 홍보도 해야 하고 알리기도 해야 한다……가 아니라 제발, 홍보하지 마라. 알리지도 마라. 왜 소비자가 기업의 역사 따위를 알아야 하니? 왜 내가 화장지 좀 썼다고 해서 그 화장지 회사를 만든 창업주의 50년 고뇌를 고스란히 느껴야 하니? 그냥 똥 닦으면 안 되는 거니? 왜 내가 휴대전화 썼다고 해서 그 휴대

전화에 들어가는 반도체 회사를 세운, 그 휴대전화 회사 대표의 할아버지의 노고까지 알아야 하니? 내 돈 주고 산 휴대전화 내가 그냥 쓰면 안 되겠니? 왜 내가 김치 좀 먹었다고 그 김치 공장 일군 김치 공장 그룹 현 부회장 아버님의 열정을 같이 씹어줘야 하니? 창업주의 고뇌가 담긴 책일랑 만들어서 그냥 너희 식구끼리 봐.

우리 아버님 명묘식 선생은 일제 말이던 1939년 생으로 중학교를 졸업한 열다섯 살 때부터 공장에 들어가서 일하셨다. 일생의 배필을 만나 결혼한 후 고향인 광명시를 떠나 과감히 상경, 대기업 계열사에서 일하셨다. 몇 년 만에 사표를 제출한 후, 당신과 부인의 이름에서 한 글자씩 따서 작은 전선 회사를 창업하시고 1970년대 말까지 사업을 잘 일구셨다. 그 이후 신사업 실패로 어려움을 겪으셨으나 특유의 성실과 낙관으로 72세에 돌아가시기 전까지 매일 열심히 일하셨다. 더불어 춤과 노래를 즐기는 여유도 있으셨다. 비록 그분이 서민 아파트 한 채를 달랑 남기고 돌아가셨으나 세 자녀를 성인이 될 때까지 교육시키고 어려운 이들을 도우면서 친척들의 경조사를 챙기며 사셨다……라는 이야기를 내가 인쇄해서 양장본으로 돌리면 어떻게 될까? 아마 나를 미친놈 취급할 거다.

물론 창업주가 국가와 사회에 기여한 바가 워낙 커서, 평전 전문가인 김삼웅 선생 같은 분이 한 출판사의 의뢰를 받아 그 인물의 개인사를 쓴 책을 낼 수는 있다. 남들이 "당신은 타의 모범이 되는 삶을 살았으니 부디, 제발 자서전을 내시오" 하고 반복해서 우겨대면 못 이기는 척하고 그때 내는 거다. 한국갤럽이 2015년 3월에 조사한 '한국인이 좋아하는 역대 대통령'에서 32퍼센트로 1위를 차지한 노무현 대통령조차 자신의 자서전을 내는 것에 반대했다.

> 퇴임한 직후 노무현 대통령은 자서전을 쓰지 않으려고 했습니다. 가치 있는 자서전은 거짓과 꾸밈없이 진솔하게 써야 하는데, 정치인으로서 대통령으로서 관계를 맺었던 많은 사람들이 여전히 현업에 있는 상황이라 모든 것을 사실 그대로 솔직하게 말하기 어렵다고 생각했기 때문입니다.
>
> 문재인의 서문, 노무현재단·유시민 공편, 《운명이다》

노무현 '자서전'은 그의 서거 직후 노무현 지인들이 모은 자료를 바탕으로 유시민이 노무현 1인칭 시점에서 정리한 것이다. 자서전이나 평전 또는 한 사람의 일생에 대한 책은 이렇게 남들이 떠다밀어서 억지로 내는 거다. 자기가 먼저 나서서 만드는 게 아니다. 자기가 살면서 얼마나 노력했는지를(세상 모든 가장이 그렇게 산다) 자기 회사 제품을 이용하는 사람에게 알리기 위해(안물안궁) 자기 회사 직원들이 애써서 만들기 위해 그렇게 열심히 일하는 거 보면 창업주가 좋아할지 어떨지 나는 모르겠다. 열 명의 엘리트가 백 일 동안 매달려서 낸 창업주 이야기가 얼마나 대단한지 나는 보지 못했다. 아마도 그 창업주 덕에 수백 억의 재산을 물려받은 2세와 3세 가족들이 모여서 추모하며 봤겠지. 그러거나 말거나.

프로포폴이라도 해야지

　　　10여 년 전, 오른쪽 눈 위에 혹
이 하나 생겼다. 이때 나는 대학로에서 연극을 하고 있었는데 점
점 커지는 혹을 제거해야 했다. 내 고등학교 동창 A는 압구정에
서 잘나가는 성형외과 의사다. 낮에 그를 찾아가 혹 제거 수술을
받았다. 수술대 위에 누워 있는데 간호사가 오더니 우윳빛 주사
액을 내게 주입했다. 숫자를 세란다.

"하나, 둘, 셋……."

셋을 세는 동시에 나는 황홀경에 빠져들었다. 감은 눈임에도
내 앞에는 총천연색 파노라마가 펼쳐졌다. 이걸 뭐라 말해야 하
나? 도파민 분비? 아드레날린 발산? 아니 이건 마치 사랑하는 사
람과 근사한 레스토랑에서 와인을 곁들인 식사를 하고 바로 옆

호텔로 직행, 샤워도 하지 않은 채 강렬한 키스를 마치고 처음으로 서로의 몸을 원하는 섹스에 돌입한 뒤 오르가슴과 엑스터시를 동시에 느끼는 기분이었다.

깨어나 보니 수술은 깔끔하게 끝났다. 원장실로 갔더니 A가 담배를 한 대 물고 내게 권했다. 한 모금 빨자 그가 말했다.

"뽕 갔지?"

"그거 뭐냐?"

"그게 바로 프로포폴이야."

"아, 죽이더라. 너 혹시 이거 맨날 하는 거 아냐?"

A는 큭큭거렸다. 나 역시 킥킥댔다. 그때 나는 알았다. 프로포폴의 위력을. 단언컨대, 나는 그 이후로는 프로포폴을 맞은 적이 없다(건강 검진 시 수면 내시경 할 때를 빼고는).

2019년, 재벌가 3세녀 이 모 씨가 "2016년 1월부터 10월까지 청담동 모 성형외과를 방문, 한 달에 두 차례 프로포폴을 투약했다"는 의혹을 받았다. 그녀가 자주 가는 병원의 간호조무사 김 모 씨가 이 사실을 폭로했다. 이 모 씨는 "다리에 입은 화상과 눈꺼풀 처짐 수술을 위해 해당 병원을 다닌 적은 있으나 불법 투약을 한 사실은 없다"라고 입장을 밝혔다.

김 모 씨를 믿어야 하나, 이 모 씨를 믿어야 하나? 21세기 대한민국 사회에서 간호조무사 김 모 씨와 재벌가 3세녀의 발언은 동등한 무게를 갖지 않는다. 영화 〈내부자들〉을 보면(이하 배우의 이름으로 작품 속 역할 명을 치환한다) 조폭 이병헌이 부패 정치인이자 대통령 후보인 이경영과 기레기 언론인 백윤식에 대해 "이들이 비자금을 조성했다"며 폭로한다. 팩트였다. 그러나 정치 깡패의 말을 누가 믿어 주겠나? 사건은 조용히 묻히고 만다. 다행히 검사라는 직함이 있었던 조승우가 명백한 증거인 동영상을 만인이 볼 수 있는 매개-SNS-를 이용해 배포함으로써 부패한 이경영과 백윤식을 몰락시킨다.

재벌가 3세녀 프로포폴 투여 의혹을 제기한 김 모 씨는 간호조무사다. 그 직업을 폄훼하려는 것이 아니다. 그의 영향력이 재벌가에 미치지 못한다는 이야기다. 일개 간호조무사 김 모 씨의 증거 없는 발언과 재벌가 3세 이 모 씨의 진지한 발표. 나는 후자를 믿는다. 아니, 믿어야 한다. 믿지 않을 수 없다. 믿지 않으면 위험하다. 그래서 믿고 싶다. 믿어야 하나? 그래, 믿자.

우리는 상대의 입장이란 걸 모른다. 인간은 역지사지(易地思之)가 안 되는 존재다. 제발…… 빈자의 안목을 버리고 부자의 시각을 가져라. 자본주의 사회에서 쾌락의 추구와 만족도는 그가 가진 자본의 양에 비례한다. 자본은 단순히 돈의 액수가 아니라 권력의 대소도 포함한다.

내게 쓸 수 있는 자본과 권력이 많다 치자. 나도 욕망을 가진 인간이다. 그런데 쾌락을 추구하여 욕망을 해소할 자산(돈 또는 권력)은 많은데 그 쾌락과 욕망을 실현할 수 없다면? 인간은 스트레스를 받게 된다. 그래서 박근혜 전 대통령과 최순실 씨도 심심할 때마다 청와대 침실에서 약물을 복용했다는 의혹을 받았다. 팩트는 오리무중이지만.

부가티라는 자동차가 있다. 중고차 한 대 값이 무려 100억 원을 호가한다. 내가 이 차를 꼭 사고 싶다면? 물론 빈자들은 언감생심이다. 내 재산이 1조 원쯤 된다면? 그러면 부가티 한 대 사는 게 무슨 대수랴? 내게는 돈이 있으니 부가티와 교환하면 그만이다. 자본주의 사회에서는 이런 교환에 대해 그 누구도 뭐라 하지 않는다.

부가티를 샀다(와! 생각만 해도 째지네!). 그런데 혼자 타니까 심심하다. 누군가 옆에 태우고 싶다. 근사한 여자 또는 남자를 태우고 싶다. 난 결혼했으니까 아내를 옆에 태우면 된다. 만약 내가 이혼했다면? 여자친구를 태우면 된다. 여자친구가 없다면? (부가티 모는데 여자친구가 없을 리 없지만) 여자친구를 만들면 된다. 그런데 이 여자친구가 나한테는 관심 없고 오직 부가티에만 관심이 있다면? 만날 때마다 "자기가 보유한 주식 말이야, 오늘 올라갔어? 떨어졌어?"한다면? 섹스는 하지만 사랑도 안 하면서 결혼해달라고 한다면? 이혼할 때는 위자료 얼마 줄 거냐고 징징거린다면? 만정이 떨어져서 차라리 돈을 주고라도 성욕을 해결하고 말겠다는 불법적 사유를 하게 된다.

내 재산이 수조 원이니(아, 생각만 해도 지리네!) 우리나라 화류계에서 가장 멋지고 가장 섹시하고 가장 훈훈한(남녀 불문) 파트

너를 살 수 있다. 명문상 불법이지만 자본주의 사회에서는 모든 것이 상품이기에 가능하다. 그런데…… 해본 사람은 알지만 성(性)이라는 것은 채움과 동시에 비움을 갈망한다. 성욕은 24시간 주기로 고갈과 충만을 반복한다.

성이란 상대가 존재해야 성립한다. 상대는 내 말을 다 들어주는 상담사나 무조건 꼬리치며 추종하는 애완견이 아니다. 감정이 있는 존재다. 웃고 즐겁고 행복하기만 하면 좋겠는데 때론 울고 짜증내고 성낸다. 이럴 때 내가 부자라면 어떤 생각이 들까? '이 인간이, 내 재산이 조 단위인데 나한테 신경질을 다 내네?'다. 재벌가 딸이 일반인 남편을 만나 만족스러운 결혼생활을 하는 것은 낙타가 바늘구멍으로 들어가는 것만큼 어렵다. 차라리 "네 재산 1조냐? 내 재산은 2조다!" 하고 맞받아치는 놈이 낫다. 근본도 없고 돈도 없는 것들이 엉기면 웃음밖에 안 나온다. 결론적으로 모든 상대가 귀찮아진다. 성적 욕망의 정점에서 맛보는 동일한 도파민 분비를 단돈 십만 원만 주면 수시로 맛볼 수 있는데 왜 시간과 에너지를 낭비해가며 상대를 달래겠는가? 나라도 그냥 프로포폴 맞고 만다.

그러나…… 프로포폴은 우리의 영혼을 잠식한다. 술이나 담배, 약물이 우리 육체에 가하는 쾌락에 대해 우리의 정신은 궁극적으로 반대표를 던진다. 지친 영혼은 육체에 단순하게 적용되는 성욕 혹은 식욕 말고 뭔가 차원 높은 쾌락을 갈망한다. 그게 뭘까? 모든 이가 수도승처럼 살 수는 없다. 쾌락은 육체적 쾌락이든 정신적 쾌락이든 단계와 정도와 수준이 있다. 수면욕, 성욕, 식욕은 충족되어야 하지만 인간이 24시간 잠만 잘 수는 없고 또, 24시간 섹스만 할 수도, 밥만 먹을 수도 없다. 인간은 동물 이상의 존재이기에 그 존재에 걸맞은 쾌락을 추구한다. 그럼 도대체 최상의 쾌락은 뭘까? 아리스토텔레스는《시학》에서 말했다.

"배움이 최고의 쾌락이다."

(이 글을 혹시라도 재벌가 2, 3세 분들이 읽게 된다면, 나를 찾아주면 좋겠다. 배움의 프로포폴을 듬뿍 주입해드릴 수 있는데……. 쩝. 결론이 어째 이러냐?)

쾌락의 정점은 의외로 단순하다. 가장 좋은 것은 우리를 아끼는 사람과 밥 먹는 것, 마음이 열린 사람과 대화하는 것, 그리고 배우는 것이다. 동시에 사랑하는 사람과 잠자는 것이다. 사랑하는 사람이 없거나 사랑하는 사람과 잠을 자지 못하게 되면, 부자든 빈자든 그 텅 빈 공간을 채우기 위해 제 나름의 프로포폴을 찾게 되어 있다. 세상의 그 어떤 값비싼 프로포폴도 사랑 하나를 대신하지 못한다.

무박 2일로 100킬로미터 행군?

        2018년 1월, 국민은행이 신입 사원 연수를 하면서 100킬로미터 행군을 했는데 이때 여직원들에게 피임약을 지급했다는 사실이 각종 언론에 보도됐다. 무박 2일의 행군 동안 혹시라도 생리를 할까 봐 이를 방지하기 위해 친절하게도 피임약을 나눠줬다는 거다. 국민은행은 나중에 "절대 강제성은 없었다"며 "원하는 사람에게만 나눠줬다"고 변명했다 (혹시, 행군 중에 섹스를 하게 되면 피임을 하라는 뜻이었을까?).

    국민은행은 매년 신입 행원을 대상으로 100킬로미터 행군을 한단다. 하루에 50킬로미터씩 잠도 자지 않고 하는 행사다. 도대체 밤새워 100킬로미터를 걸으면서 뭘 하자는 건가?

    국민은행은 신입사원들에게 뭘 바라는 걸까? 체력 측정? 인내심 함양? 아니면 '내가 제대로 된 은행에 들어온 건가?'에 대한 숙고? 이런 아이디어를 내는 인간들은 누굴까? 분명 남자 꼰대들이리라. 도대체 은행 업무와 100킬로미터 행군이 무슨 상관이란 말인가? 회사가 생리주기는 왜 챙기며 피임약은 무슨 소린가? 이뿐만이 아니다. 글로벌 기업이라는 곳 중 일부는 신입사원 연수 명목으로 얼차려, 해병대 훈련, 특공대원들이 받는 강하 훈련 등을 실시한다.

> 은행과 대기업의 상당수가 '무박 2일 행군', '산악등반' 등의 군대식 연수를 실시하고 있다. 신입사원 10명 중 3명은 기업 군대식 점호와 반말, 욕설, 무리한 극기 훈련 등의 갑질을 경험했다고 응답했고 34 퍼센트는 이 때문에 입사를 포기할 생각을 하거나 실제로 포기했다고 답했다.
>
> <위클리 오늘>, 송원석, 2018.2.2.

바른미래당 최도자 의원은 2018년 1월 30일 원내 대책 회의에서 이런 발언을 했다.

"국민은행뿐 아니라 다른 은행의 신입직원 교육과정에서도 인권이 무시되는 실태가 드러났다. 무박 2일 100킬로미터 야간행군에 혹한기 산악훈련, 통나무집 짓기, 서바이벌 훈련도 모자라 어떤 은행은 신입직원 전부를 군부대에 입소시켜 제식훈련, 각개전투, 헬기 레

펠, 유격 훈련을 하고 있다. 보통 두 달 가까운 연수가 진행되는 동안 휴일인 크리스마스 당일은 물론 상당수의 일요일까지 정규교육을 편성하여 진행한 은행도 있었다. 헌법에서 보장하는 기본권인 종교활동조차 보장받지 못한다. 신입 직원들의 교육연수는 근로의 일부로써 근로기준법의 기준이 지켜져야 한다. 하지만 연수가 끝나고 근로계약이 작성되는 은행들이 상당수였기 때문에 직원이 되지 못한 신입들은 그만둘 생각이 아니면 거부할 권한도 없다."

최 의원은 이날 신입직원에 대한 교육, 훈련 과정에서 가학 및 갑질행위를 금지하는 가칭 '국민은행 가학연수 방지법'을 준비 중이라고 밝혔다. 이쯤 되면 도대체 회사에 들어간 건지, 군에 입대한 건지 알 수가 없다.

신입사원에 대해 혹독한 연수를 하는 이유는 뭘까?
첫째, '환영한다'는 의미다. 전쟁터 같은 직장에 들어오는 것을. 짧게는 일주일에서 길게는 3개월까지 그룹에서 돈을 들여 신입사원 환영식을 거창하게 마련한다. 도대체 한 기업에 입사해서 일도 하기 전에 석 달씩이나 먹고 자면서 뭘 배울 게 있다는 걸까? '우리 그룹의 역사' 따위나 암송하겠지. 선배 직장인들은 신입사원을 보면서 '자유 끝, 노예 시작'의 구호가 떠오를 거다.
이쯤 되면 독자들은 내가 지독한 반기업 정서를 가진 사람이라고 생각할지 모르겠다. 그러나 나는 반인간 정서를 가진 기업에 반대할 뿐이다. 우리가 가진 기업에 대한 이미지는 1960년대 이래로 형성된 친기업 정서뿐이다. 마치 기울어진 운동장과도 같다. 기업은 위에서 아래로 볼을 차고 사원은 아래에서 위로 볼을 찬다. 착각하지 말자. '인간의 얼굴을 한 기업' 같은 것은 없다. 안타깝게도 '인간적인 운영을 해달라'는 외침은 전체 사회를 위하는 것인데도 반기업 정서자의 공허한 주장처럼 들리기 십상이다.

신입사원 길들이기의 두 번째 이유는 회장님의 가학 취미 때문이다.

"요즘 젊은이들은 극기 연수 같은 거 싫어합니다. 이런 건 빼고 신입사원 연수를 할까 합니다."

이사가 이렇게 보고했다 치자. 반백의 회장님이 조용히 말씀하신다.

"그래도 단체 훈련을 통해 협동심이 길러지는 거 아니겠어요?"

이 정도 말씀하실 때 회장님의 속내는 이렇다.

'요 시키 많이 컸네? 까라면 까야지. 각개 격파도 시키고 100킬로미터 행군도 시켜. 왜 이렇게들 나약해 빠졌어? 얼굴 희끄무레한 남자애들하고 쭉쭉빵빵한 여자애들이 진흙탕에 구르면서 해병대 훈련받는 거 보면 내가 얼마나 흥분하는 줄 알아?'

회장의 딸랑이들은 회장님이 마음으로 말하는 소리를 귀신같

이 알아듣는다. 독심술 없이 어떻게 그 자리에 올랐겠나? 이쯤
되면 아랫것들이 알아서 마조히스트식 트레이닝 방법을 구비해
놓는다. 생각해보라. 무박 2일의 100킬로미터 행군을 위해 생리
하는 여직원들도 참가해야 한다! 전체의 효율성을 떨어뜨릴 생
리를 멈추기 위해 피임약까지 나눠 준다! 신입 여직원들은 약까
지 먹어가며 고난의 행군에 참여하고 피 끓는(동시에 피 끓은) 청
춘들은 "그룹이여, 영원하라!"를 외치며 장정에 나선다! 이 얼마
나 웅장한 장면인가? 이 정경을 바라보며 반백의 머리가 반쯤 벗
겨진 회장님은 감회에 젖어 옆자리의 이사에게 말하는 것이다
(괄호 안은 마음의 소리다).

"저들이 우리 그룹의 미래입니다."
(쟤들이 또 나 부자 만들어 주겠지?)
"요즘엔 여성들이 더 열정적이네요."
(예쁜 아이들이 많이 들어왔네.)
"노래도 잘하고 재주가 많네."
("회장님 만나는 날~ 밤잠을 설쳤죠~." 합창 준비 잘해.)
"신입사원 건강에 신경 쓰세요."
(잘 먹여. 그래야 연수 끝나고 부려먹지.)
"참, 52시간 근무제 유념하고요."
(야근 막 시켜.)

셋째, 한국형 천민자본주의의 반인간 정서 때문이다. 우리나라 기업주들, 사장들, CEO들은 신입사원을 인간으로 보지 않는다. 기계 혹은 개돼지, 노예로 본다. 겉으로는 "인재경영"이니, "사람이 전부다"라고 해대지만 사실은 죄다 구라다. 기업 대 신입사원 사이에는 법이나 상식이 개입하지 않는다. 사용자(근로기준법상 사업주)는 '사람' 사원을 고용한 거다. 일하는 사람, 노동자를 채용한 거다.

그러니까 근로자는 '노동=일'만 제공하면 된다. 그것도 정해진 시간에 정해진 만큼만 하면 그만이다. 근로기준법에 따르면 "근로란 정신노동과 육체노동을 말하며 근로계약이란 근로자가 사용자에게 근로를 제공하고 사용자는 이에 대하여 임금을 지급하는 것을 목적으로 체결된 계약을 말한다"(제2조 3, 4항)고 되어 있다. 법으로 근로 시간, 휴식 시간, 휴일이 정확히 명시되어 있다. 그런데 우리나라 기업은 사람을 고용한 순간, 근로자의 인격 전체를 24시간 동안 구매한 줄 안다. 쥐꼬리만 한 월급을 주면서 노예로 사들인 줄 안다. 새벽부터 다음 날 새벽까지 부려먹고, 극기 훈련이든 기마자세든 시키면 다 해야 되는 줄 안다.

도무지 대한민국 사장들의 머리엔 '근로기준'이란 게 없다. '근로기준'이 뭐냐고? 간단하다. 사람은 기계가 아니라는 거다. 그러므로 일하다 쉬어야 한다. 저녁이 되면 퇴근해서 가족과 시간을 보내야 한다는 것, 밤이 되면 사람은 잠을 자야 한다는 것, 회식 같은 건 네 맘대로 정해선 안 된다는 것, 신입사원 연수라는 명분으로 군대 신병 교육 같은 걸 시키면 안 된다는 것, 일을 더 시키려면 돈을 더 주라는 것, 결정적으로 네가 사원을 인격적으로 대하지 않으면 언젠가는 너도 그 자리에서 쫓겨난다는 것, 시대가 바뀌었다는 것, 너는 이제 꼰대라는 것, 이제 그만 물러나라는 것 등이다.

(사족-정치인들이 '군대식 신입사원 연수 금지' 법안을 내놓았고 2019년 4월 현재 국회에 계류 중이다.)

사장 사용설명서

이쯤 되면 내가 사장, 회장, 대표 같은 이들을 얼마나 증오하는지 눈치챘을 거다. 이 글을 읽는 독자 대부분을 젊은이라고 가정하면 사장보다는 사원이 더 많으리라. 독자를 확실히 하기 위해 젊은이부터 정의해보자. 우리나라 청년기본법에서 정의하는 청년은 19세 이상 34세 이하다. 2016년에 국제보건기구(WHO)가 규정한 연령분류에 따르면 사람의 인생은 0세부터 17세까지 미성년기(Underage), 18세부터 65세까지가 청년(Youth)이다. 66세에서 79세는 장년(Middle-aged), 80세부터 99세가 노년(Senior), 100세 이후는 장수 노인(Longlived elderly)이다(Victoria Tuggono, Brlio English, 2016.1.20.).

국제보건기구 규정에 따르면 나도 여러분도 청년이다. 작가적

상상력으로 언급하자면, 청년은 생물학적 나이로 정해지는 것이 아니라 영혼의 유연성 정도로 정의되어야 한다. 따라서 스무 살 노인이 있고 예순 살 청년도 있다. 정신이 말랑말랑한 젊은이는 마음이 열려 있고 우애가 넘치며 편견이 없다. 동시에 비판정신과 질문 공세로 무장한다. 내가 쓴 사장을 까는 글을 보고 웃어넘긴다. 코미디를 코미디로 받아들인다. 진짜 사장들은 나를 명예 훼손으로 고소할 준비를 할지도 모른다. 그들은 여기서 말하는 '사장'이란 단어가 선생, 국장, 상사, 회장, 팀장 등 소위 사회나 조직의 리더라는 사람들 모두에게 적용되는 광의의 시어(詩語)라는 사실을 깨닫지 못한다. TV에서 한때 '방송국 놈들'이라는 자조적 어휘가 유행했었다. 이 단어는 방송국 사람들이 만들었다. 셀프 디스하면서 '나도 웃고 너도 웃자'는 의미다. 웃자고 한 말에 죽자고 달려들지 말고 지금부터 사장(및 그와 비슷한 놈들) 사용설명서를 알아보자.

그전에 퀴즈를 하나 내자. 회식 자리다. 옆에 앉은 사장이 방금 건배사를 마치고 당신에게 묻는다.

사장: 내 건배사 어땠어?
당신: (양손 엄지를 치켜들며) 너~무 멋졌어요!

이게 정답이다. 사장은 분명 "오바마~ 오늘은 바래다줄게 마시자"같은 구린 건배사를 했을 거다.

교수가 물었다 치자.

"오늘 강의 어땠어요?"

그 순간 팩트 따위는 잊어라.

"재미도 있고 감동도 있었습니다."

이게 그가 원하는 대답이다.

팀장이 물었다.

"이런 아이디어는 어때요?"

이럴 땐 "우리 프로젝트에 잘 맞을 것 같습니다"가 정답이다.

모든 질문은 욕망을 내포한다. 회장님이 물었다 치자.

"주말에 뭐하나?"

"가족과 함께 지냅니다." 삑!

"등산 갑니다." 삑!

"이번 주말에는 밀린 빨래도 하고……" 삑!

다시 말하지만 모든 질문은 욕망을 내포한다. "이번 주말에 뭐하나?"는 "주말에 스케줄 있어도 취소하고 나한테 충성 좀 하지?"란 의미다. 그러므로 회장님이 "주말에 뭐하나?"라고 물으면 "별다른 약속 없습니다만……"이 정답이 된다.

회장님은 답하실 거다.

"골프라도 칠까?"

그때부터 찍힌 당신은 잘나가게 된다(아니, 회장의 종이 된다).

몇 해 전, 나는 살사 댄스에 미쳐 있었다. 한 4~5년 하다 보니 나름 고수가 되어 남을 가르치기도 하고 100여 명이 모이는 동호회 대표도 했다. 이즈음에 드라마 촬영을 했는데 살사댄스에 미친 산부인과 의사가 병원을 때려치운 뒤 댄스 바를 개업하고 바람이 나는 내용이었다(왜 꼭 이런 막장 역할이란 말인가). 살사댄스 초보인 주인공이 점차 실력이 향상되어 나중에는 공연까지 하게 되는 스토리였다. 상대역은 그때는 무명, 지금은 유명 가수인 장윤정이었다. 당시 내 살사 실력은 수준급이었는데 처음 살사를 접하고 배우는 신을 찍었다. 실제로는 잘하면서 못하는 척하는 연기를 하는 게 참 힘들었다. 접대 골프도 비슷하다. 신적인 공력을 발휘해야 한다. 내 실력이 80이고 사장 실력이 85라면 교묘하게 90 정도 쳐서 져줘야 한다. 진짜 실력을 발휘해서 80을 치거나 90을 넘겨버리면 안 된다(사장도 눈치가 있다). 아슬아슬하게 져줘야 귀염받는다.

몇 해 전, 후배 K는 사장과 단둘이 해외 출장을 갔는데 짠돌이 사장 놈이 트윈 룸을 잡는 바람에 24시간 봉사를 하다 왔다. 이런 인간한테 "저는 싱글 룸을 쓰겠습니다"하면 "젊을 때 아껴야지" 따위의 훈계를 늘어놓을 거다. 혹은 "왜, 내가 싫은가?"라고 직접적으로 물을 수도 있다. 이때 우리의 심정은 "응. 너 싫어"지만 절대 솔직하면 안 된다. 이때의 사장 사용 설명서는 다음과 같다.

1. 첫날밤(이 어휘의 야릇함이란!)을 희생하라.
2. 자는 척하면서 최대한의 데시벨로 코를 골아라. 순전히 연기로 버텨야 한다.

3. 사장이 깨우면 "어이쿠, 죄송합니다. 제가 코를 골았죠?" 하면서 돌
   아누워 다시 더 큰 소리로 코를 골아라.
4. 1부터 3까지 반복하라.

이래도 사장이 다른 방을 잡지 않으면 먼저 제안하라.
"제가 사장님 수면을 너무 방해하는 것 같습니다. 오늘부터는
따로 자겠습니다."
이 정도 되면 아무리 짠돌이 사장이라도 알아들을 거다. 다만,
이렇게 덧붙여야 한다. "방값은 제가 내겠습니다." 이 정도는 애
교다.
21세기 한국에서 벌어지는 사장들의 행태는 코미디(comedy)가
아닌 트래지디(tragedy)다. 그중 한 예를 보자.

2016년 고용노동부 조사에서 정일선* 현대BNG스틸 사장이
운전기사를 상대로 갑질을 했다는 사실이 드러났다. 정 씨는 3년
동안 운전기사를 61명이나 고용했다. 아니, 해고했다. 아니, 고용
했다가 해고했다. 한 사람당 평균 18일 일한 셈이다.
정 씨는 이 중 한 명을 폭행한 혐의를 받았다. 정 씨는 운전기
사들에게 주 80시간 이상 일을 시켰고 폭언과 욕설을 했다는 혐
의를 받았다. 고용노동부는 정 씨가 다수의 운전기사를 폭행했
다고 보고 조사에 나섰지만 폭행당했다는 진술은 단 한 명만 했
다. 다른 운전기사들은 정 씨의 보복이 두려워 진술을 거부했다.

언론 보도에 따르면 정 씨는 A4용지 140여 장 분량의 매뉴얼을 만들어 운전기사에게 나눠주고 "그대로 하라"며 갑질을 해왔다. 정 씨가 운전기사에게 나눠준 매뉴얼에는 "사장님이 모모 호텔 쪽에 있다면 000쪽 삼계탕 집을 이용하라", "역삼동 쪽에 있다면 000 쪽 식당을 가라", "00 족발이라고 말씀하시면 다른 곳이 아닌 약도 표시된 곳을 갈 것", "사장님이 부르면 번개같이 뛰어갈 것", "급할 땐 교통 법규도 무시할 것" 등의 내용이 있었다고 한다. 한 운전기사는 한 달에 범칙금만 몇백만 원을 냈다고 주장했다.

재벌 3세 운전기사는 그야말로 극한직업이다. 오직 한 사람만을 위한 운전 매뉴얼이 A4용지 140장 분량이라니(현대자동차 에쿠스 매뉴얼도 그것보다 적겠다).

이 매뉴얼, 재벌 3세는 다 알까? 자기도 다 모르는 걸 일개 기사에게 주면서 숙지하라고 하면 되겠나? 사원에게 140장 분량의 매뉴얼을 주기 전에 사원 응대 매뉴얼부터 공부했어야 하는 것 아닐까? 정작 사용설명서가 필요한 사람은 근로자가 아니라 사용자다.

수제자 자공이 "일생 마음에 새길 한마디 말씀을 해주십시오"라고 묻자 공자님은 "기소불욕 물시어인(己所不欲 勿施於人)"이라고 답했다. "네가 하기 싫은 일은 남에게 시키지 말라"는 뜻이다. 단순하고 소박하다.

당연하고 간단하다. 그런데 이걸 못해서 사장들이 망한다.

*덧붙이는 말 — 정일선 씨는 고 정주영 현대 창업자의 4남 고 정몽우 전 현대알루미늄 회장의 장남이다. 그는 2016년 4월, 운전기사 61명에게 주 56시간 이상 노동을 시키고 그중 한 명을 폭행한 혐의로 입건되었다. 일부 언론은 "정 사장은 이번 보도로 곤욕을 치렀다"고 보도했지만 정일선 씨는 그다지 큰 곤욕은 치르지 않은 것으로 보인다. 재판에서 정 씨는 벌금 300만 원을 선고받았다.

갑질 재벌 흑역사

1. 고 조양호 한진 그룹 회장 부인 이명희 씨는 2011년에 있었던 운전기사에 대한 갑질로 구설수에 올랐다. 운전을 하지 않을 때 종로구 구기동의 이명희 씨 자택의 잡일을 도왔는데 시시때때로 "이 XXX야, 일을 이것밖에 못해?"라는 폭언을 했다고 운전기사는 주장했다.

2. 이명희 씨는 2018년, 또 다른 운전기사 B씨에게 수차례 욕을 하며 폭언하는 장면이 대대적으로 보도되어 곤욕을 치렀다. 영상에는 이 씨가 "안국동 지압 오늘 몇 시에 갈수 있는지 제대로 알아놔. 이 개XX야. 개인 전화는 부숴버려. 이 XX야. 왜 넥타이 매고 지랄이야. 나가!" 등 고성을 지르는 내용이 그대로 잡혔다.

3. 대림산업 부회장 이해욱 씨는 2016년 3월 22일 운전기사에 대한 폭언과 폭행, 그리고 사이드미러를 접고 운전하게 하는 지침서 등 수행기사에 대한 과도한 갑질로 언론에 보도되었다. 이 씨가 몇 년간 교체한 운전기사만 약 40명 정도인데 대개 한 달을 못 견디고 그만두었다고 한다. 이해욱 씨는 운전기사 2명에 대한 상습폭행 혐의로 재판에 넘겨져 벌금 1,500만 원 처분을 받았다. 그는 특이하게도 운전기사에게 "사이드미러를 접고 운전하라"는 지시를 한 것으로 알려져 있다.

4. 2018년, 최태원 SK 그룹 회장의 부인이자 노태우 전 대통령의 딸인 노소영 아트센터 나비 관장도 갑질로 구설에 올랐다. 운전기사에 따르면 차가 막히면 노소영 씨는 운전기사에게 "머리는 왜 달고 다니냐"고 폭언했다고 한다.
노 씨는 차를 타고 내릴 때 시동이 켜져 있으면 화를 냈기에 기사들은 여름이든 겨울이든 노 씨를 기다리며 시동을 걸지 않은 채로 추위와 더위에 노출되어 있었다고.

5. SK그룹 물류업체 M&M의 대표였던 최철원 씨는 2010년 10월, 계열사의 합병으로 일자리를 잃게 된 유 모 씨가 SK 본사 앞에서 1인 시위를 하자 사무실로 불러들여 야구 방망이와 주먹으로 폭행했다. 이 때문에 구속 기소되었다가 2011년 4월 6일 집행유예 3년 사회봉사 120시간을 선고받고 풀려났다. 최 씨의 사례는 영화 <베테랑>의 소재가 되기도 했다.

이상이 갑질 재벌의 흑역사이며 극한 직업자인 재벌 운전기사 및 그 외 민초들의 잔혹사다. 그런데…… 망둥이가 뛰니 꼴뚜기도 뛴다던가? 재벌들이 갑질을 하자 재벌도 아니면서 존재감을 드러낸 이가 있다. 바로 몽고식품 회장 김만식 씨다. 몽고식품은 2017년 매출액이 417억 원인 중소기업이다. 저 위에 거론된 한진그룹(16조 5천 억 원, 2018년) 대림산업(10조 9천 억 원, 2018년) SK그룹(139조 원. 2017. 이상 〈네이버 뉴스〉)에 비하면 조족지혈(鳥足之血) 수준이다. 김만식 씨 수행기사는 김 씨가 "내가 인간 조련사"라며 머리를 때리고 발로 엉덩이를 걷어찼다고 주장했다.

"회장님 사모님의 부탁을 받고 잠시 회사에 갔는데, 왜 거기 있냐는 회장님의 불호령을 듣고 서둘러 회장님이 계신 집으로 돌아오니, 회장님이 다짜고짜 구둣발로 낭심(囊心)을 걷어찼다. 그 자리에서 쓰러졌고 일어나 걸을 수가 없었다"고 주장했다. 김 전 회장은 2015년 12월 운전기사를 상습폭행한 게 드러나 사퇴했다.

아마도 김만식 씨는 재벌들의 갑질 소식을 듣고 소외감을 느꼈으리라. '내가 이 구역에선 준재벌인데!' 하고 치를 떨었으리라. 김 씨는 망둑어를 따라가는 꼴뚜기 정신을 발휘하여 가장 손쉽게 접할 수 있는 운전기사를 선택했다. 타 재벌들이 머리를 때리거나 얼굴에 침을 뱉는 등의 행위를 한다는 소식에 한 단계 높은 고수 신공을 발휘한다. 바로 운전기사의 낭심을 차는 것이다! 그는 이 킥 하나로 전국적인 악명을 얻었다. 천민자본주의 사회에서 악명은 곧 유명이다. 아마도 갑질 재벌들의 모임에선 다음과 같은 이야기가 오갔으리라.

"이번에 간장 만드는 회사 대표가 우릴 따라 했다는데?"
"회사 어디?"
"매출액 400억이라지?"
"기가 막히네. 매출액 400억도 회사야?"
"매출 10조 이하는 갑질 못하게 법이라도 만들어야지, 이거 원 쪽 팔려서 어디 살겠나?"

나는 고대 바빌로니아의 함무라비 왕(재위 기원전 1724~1682)이 만든 법전을 현대에 도입해야 옳다고 본다. 「함무라비 법전」에는 "만일 누군가 다른 사람의 눈을 상하게 했을 때는 그의 눈도 상하게 하라. 이를 다치게 했을 때는 그의 이도 다치게 하라"고 되어 있다. 저 유명한 '눈에는 눈, 이에는 이' 조항이다. 이 법에 따르면 김만식 씨는 낭심을 걷어차여야 한다. 이명희 씨 얼굴에는 침을 뱉어야 한다. 최철원 씨는 야구 방망이로 얻어맞아야 한다. 이해욱 씨는 "똑바로 못해? 이 XXX야!"라는 욕을 들으며 맞아야 한다. 노소영 씨는 한겨울에 히터 없는 차 안에서 또는 한여름에 에어컨도 틀지 않은 차 안에서 몇 시간이고 버텨야 한다.

내 주장이 어불성설(語不成說)이라고? 「함무라비 법전」은 지금부터 3,700년 전에 있었던 문서에 불과하다고? 그러나 이 오래

된 동해(同害) 복수법을 21세기 한국에서 몸소 실행하신 분이 있다. 한화그룹 회장 김승연 씨다.

2007년 3월 8일 새벽에 김 회장의 아들이 청담동에서 술을 마시다 북창동 유흥클럽에서 종업원으로 일하는 이들과 시비가 붙어 폭행을 당했다. 이에 격노한 김승연 씨는 조폭 십여 명을 대동해 아들의 가해자들을 청계산 등지로 끌고 다니며 집단폭행했다. 조폭은 검은 양복을 입고 전기 충격기와 야구 방망이 등으로 유흥클럽 종업원을 폭행했는데, 청계산에 끌려온 이들이 "우린 가해자가 아니다. 가해자는 북창동 클럽에 있는 조 모 씨"라고 하니, 김승연 씨는 다시 조폭들과 함께 북창동까지 찾아가 조 모 씨를 찾아냈다. 김승연 씨는 조 모 씨를 방으로 부른 뒤, 아들에게 "맞은 만큼 때리라"고 했고 아들은 조 모 씨에게 보복폭행했다. 김승연 씨는 폭행이 끝나자 초등학교 선생님처럼 "남자끼리 싸울 수도 있지. 술 마시고 잊으라"며 폭탄주를 타 마시게 하고 술값으로 100만 원을 내고 사라졌다.
이 사건으로 김승연 씨는 재판에서 1년 6개월의 실형을 선고받았으나 실제로는 감옥에 열흘 정도 있다가 풀려났다. 이 과정에서 검찰이 김승연 회장의 죄를 가볍게 하기 위해 얼마나 많은 노력(!)을 기울였는지는 이후 언론 보도를 찾아보면 상세히 나와 있다.

*덧붙이는 말 — 김승연 씨는 한화그룹의 전신인 한국화약주식회사 창업자, 고 김종희 씨의 장남이다. 폭행당한 아들은 김승연 씨의 차남 김동원 씨다. 한화그룹의 2017년 매출액은 59조 5천억 원이다.

부자가 되려면 부자를 만나라?

흔한 재테크 원칙 중 하나다. 과
연 그럴까? 부자 입장에서 생각해보자. 부자들은 우리가 그들을
생각하는 것만큼 우리를 생각할까?

1) 내 지인 이야기를 해보자. 그는 평소 "ㄱ 재벌가와 친하다"고 노래
   를 불렀다. ㄱ 재벌가 A 씨와 언니, 동생 한다고 했다. 얼마 뒤, A
   씨의 딸 결혼식이 있었다. 나는 우연히 그 결혼식장 좌석 배치도를
   보게 됐다. 지인이 책상 위에 놓아둔 것인데 우리나라 재계 순위 1
   위부터 100위까지 거의 전부가 참여하는 어마어마한 혼인이었다.
   내 지인의 좌석은? 2층 구석, 출입구 옆자리 번호로 치면 250번
   쯤 되는 자리였다. 그 좌석 배치도를 보고 나는 재벌가에 언니 동

생들이 참 많구나…… 했다. 아마 내 지인은 A 씨가 사회에서 만난 250번째 동생인지도 모른다.

2) 또 다른 지인 이야기다. 평소 그는 "유명 배우 B 씨와 호형호제한 다"고 했다. 전화 한 통이면 당장 B 씨가 달려 나올 것처럼 말했다. 그는 양평 쪽에 식당을 열었는데 B 씨와 찍은 사진을 현수막으로 만들어 식당 앞에 대문짝만하게 걸어 놓았다. 나는 '진짜 B 씨와 친한가 보다' 했다. 얼마 뒤, 배우 B 씨를 만나 지인을 아느냐고 물 었다. "잘 모르겠다"는 대답이 돌아왔다.

"양평에 신장개업한 식당에 같이 찍은 사진을 걸어 놨던데요?"라 고 묻자 B 형은 대답했다.

"그런 사람이 어디 한둘이어야지."

그렇구나……, 그런 사람이 한둘이 아니구나.

이런 일은 비일비재하다. 중소기업 사장이나 재산이 50억 원 언저리에 있는 중년 남성들이 특히 '스타 마케팅'에 능하다.

"내가 조용필하고 친해."
– 조용필한테 물어보면 십중팔구 모른다.

"내가 그 방송국 연결시켜 줘?"
– 방송국에서 외주 받아 제작하는 회사에 다녔던 사람의 친구를

안다는 의미다.

"걔들 내가 키웠지."
- '걔들'이 아니라 '개들'일 가능성이 크다.

"내 말 한마디면 국가대표 감독도 움직여. 그러니 입시는 걱정하
지 말아요."
- 그러면서 고교생 축구 선수 엄마를 성폭행한다(2019년 11월 문
제가 되었던 모 고교 축구 감독의 예).

"지금 현대하고 작업 중이거든."
- 현대그룹이 아니라 현대 공업사일 가능성이 크다.

나를 만난 죄로 또 인용되는 내 동창들 이야기.
성수는 새로운 사업 진출을 위해 모 그룹의 지원을 받으려고
안간힘을 쓰는 중이다. 마침 성수가 모친상을 당해 장례식장에
갔을 때 내 앞의 민우가 말했다.
"저기 회색 양복이 모 그룹 계열사 사장이야."
"아, 그래? 그럼 펀딩받는 거야?"
"저 사람들 그렇게 쉽게 돈 안 줘. 성수가 힘만 빼는 거 같다."
민우는 자수성가한 중소기업 대표다. 그의 예측이 맞았는지,
틀렸는지는 모르겠다. 경우에 따라 펀딩을 받을 수도 있고 아닐

수도 있다. 다만 나는 민우의 말 한 마디가 기억에 남는다.

"부자들이 그렇게 쉽게 돈 안 준다"는.

부자는 주판알을 굴린다. 그래서 부자가 됐다. 부자는 적은 돈
도 아낀다. 그래서 부자가 됐다. 부자는 부지런하다. 그래서 부자
가 됐다. 부자는 이기적이다. 그래서 부자가 됐다. 부자는 얼굴이
두껍다. 그래서 부자가 됐다(이렇게 써놓고 보니 내가 왜 부자가 못 되
는지 알겠다).

부자가 되려면 부자를 만나라고? 우리는 계층 사회에 살고 있
다. 갑이 을에게 하청을 주고, 을은 병에게 하청을 주며, 병은 또
정에게 하청을 준다. 거대 재벌이 갑이고 중견 기업은 을이며 중
소기업은 병, 그 이외는 다 정이다. 이 사회에서 나 같은 프리랜
서의 위치는 병이나 정 사이에 있다. 엄살이 아니다. 나는 그 사
실을 매일 뼈저리게 느끼며 살고 있다. 물론 가난뱅이들만 만나
서야 부자가 될 수 없다.

그런데 다시 한 번 부자의 입장에서 생각해보자. 몰입을 높이
기 위해 이런 장면을 상상해보자.

내가 지금 재산이 천 억쯤 되는 부자라 치자(상상만 해도 즐겁
군). 후배가 하는 강남의 한우 전문점에 갔는데 후배 친구들이 나
에게 인사를 하며 명함을 내민다.

– 장안동 육회전문점 대표 김유쾌.

– 한우 전문유통상사 한우리오 이사 한우만.

– 정통 이탈리안 레스토랑 스파게피자 전무 이태리…….

나는 속으로 생각한다.

'음. 얘들이 내가 외식 산업 진출하려는 걸 눈치챘나? 하지만 이런 잔챙이들한테까지 명함을 줄 필요는 없잖아?'

"형님, 명함 한 장 주십시오."

누군가 말한다. 나는 정중하게 대답한다.

"아, 내가 명함을 차에 두고 와서…… 연락할게요."

신사적으로 응대는 했지만, 필요하지 않으면 연락하지 않는다. 내가 재산이 좀 있다는 게 알려진 뒤로 달라붙는 날파리들이 너무 많다. 이런 애들은 나중에 얼마든지 만날 수 있다. 다만, 후배의 친구 중 보건복지부에 있다는 녀석의 명함은 잘 간직했다. 공무원은 친해 두면 좋다…….

그저 상상으로 하는 이야기가 아니다. 내가 직접 겪은 일이다. 《열국지》에 등장하는 춘추전국시대 소진의 한 마디는 진리다.

"부귀하면 두려워하지만, 빈천하면 가볍게 여긴다."

누굴 탓하랴, 그것이 인지상정인 것을. 그러나 내 성공과 행복이 타인의 불행을 담보로 한 것이라면? 그 불행이 내 주변에 만

연해 있다면 나는 과연 행복할까? 이런 고민을 매일, 매 순간 해야 한다. 자신이 가진 재산만큼 해야 한다. 부자는 사회에서 얻은 것이 많으므로 그만큼 더 큰 고민 속에 살아야 마땅하다. 하루에 십만 원 버는 사람은 십만 원어치 고민만 하면 되지만 천만 원 버는 사람은 천만 원어치 고민을 해야 한다.

영화 〈버닝〉을 보면, 먹고살 걱정 없는 부자이자 한량인 벤(스티븐 연)이 나온다. 극중 종수(유아인)가 벤의 집과 차를 보고 놀라며 "무슨 일 하는지 물어 봐도 돼요?" 하자 벤이 답한다.

"그냥 놀아요."

이 영화엔 벤과 그의 부자 친구들이 등장하는데 벤도, 친구들도 하나같이 세련된 무기력을 장착하고 있다. 오직 여주인공 해미(전종서)만 생기발랄한데, 이 생기발랄함조차 부자 친구들에겐 눈요깃감일 뿐이다. 해미가 사라진 뒤, 그녀의 실종에 대해 주변 사람들 누구도 관심이 없다. 벤 역시 무관심하다. 종수만 해미를 애타게 찾는데 그 사이 벤은 또 다른 젊고 예쁜 여자를 불러 친구들 앞에 전시한다. 이 젊고 예쁜, 그러나 아무 생각 없는 여자는 해미가 그랬던 것처럼 명랑하게 자신의 여행 경험을 부자 젊은이들 앞에서 이야기한다. 그러나 해미처럼 그녀도 어느 날 갑자기 사라질 운명일 뿐이다. 벤의 취미는 '비닐하우스를 태우는 것'인데 그 비닐하우스와 함께, 단지 돈이 많다는 사실 때문에 자기에게 반한 어수룩한 여자들도 함께 태워버린다.

이창동 감독은 이 영화에 대해 "젊은이들의 분노와 무력감을 그리고 싶었다"고 말한다. 그의 표현은 적확하다. 지금 젊은이들은 분노한다. 이 사회의 불평등과 모순에 대해서. 그들의 분노는 '노는 젊은 부자들이 교양 있는 척하지만 사실은 가난한 젊은 이들을 불태워 없애는 놀이를 하고 있다'는 자각에서 비롯된다. 노는 부자들이 저리 많은데 왜 우리들은 하루 종일 노동을 하며 푼돈을 받고 있나. 분노하지만 행동하지 못하므로 무기력에 빠진다. 타자에 대한 분노는 무기력과 함께 자아를 향하고 자아와 타자를 오가며 분노하는 동안 그들의 에너지는 고갈된다. 차라리 종수처럼 과감하게 벤을 칼로 찌르고, 그를 외제 차와 함께 태워버리는 게 낫다. 불꽃이 활활 타오르는 마지막 장면에서 분노와 무력감에 찌든 청춘들은 카타르시스를 느낀다. 문제는 현실의 젊은이들에게 불태울 그 무엇도 없다는 사실이다.

부자가 되려면 부자를 만나라고?

명심하라. 부자는 당신을 관람할 뿐이다. 부자는 당신이 같이 어울릴 부류인지 아닌지 시험한다. 부자는 당신이 가난하다는 것을 금방 알아챘다. 만약 당신에게 뛰어난 능력이나 예술적 재능이 있다면 그는 당신을 광대나 하인 정도로 간주한다. 어쩌다 자수성가해서 그들의 모임에 낀다? 그럼 '어디선가 굴러 온 뼈다귀' 취급을 하면서 3, 4대를 내려온 가문의 뼈대를 내세울 것이다. 그러니까 결국 뼈와 뼈의 대결이다.

'부자가 되려면 부자를 만나라'는 명제는 틀렸다. 부자들은 당신이 '부자가 되려는' 목적으로 그들을 만난다는 사실을 귀신같이 알아본다. 그러므로 그냥 만나거나, 만나지 말거나, 부자가 되고 나서 부자를 만나라.

가진 자의 편, 국회의원

"국민 노후 자금을 앞세워 경영권을 박탈한 연금 사회주의."

나경원 씨는 2019년 4월, 대한항공 회장 조양호 씨 별세 소식을 접하고 이렇게 논평했다. 나경원 씨는 서울 법대를 나와 사법고시에 패스했다. 판사직을 거쳐 4선 국회의원을 했고 자유한국당 원내대표를 역임했다. 한마디로 우리 사회의 엘리트다. 그러나 그의 언행을 보면 엘리트의 길과는 거리가 멀다.

"해방 정국에서 반민특위로 인해 국론이 분열되었다"는 그를 두고 '토착왜구'니 뭐니 말이 많았다. 나 씨는 "반민특위가 아니라 반문특위였다"는 멘트로 빠져나갔다. 가히 김기춘급 미꾸라지 탈출 솜씨다. 할 말이 많지만 여기에서는 조양호 씨의 죽음과 국민연금 이야기만 하겠다. 저 위의 명제를 보자.

"국민 노후 자금을 앞세워 경영권을 박탈했다."

이 명제는 '국민 노후 자금=국민연금'과 '경영권'이 대립한다. 국민연금이 중요할까, 일개 기업의 경영권이 중요할까? 국민연금은 우리나라 5천만 국민 누구나 나이가 들어 경제력이 없어질 때를 대비해 일생 동안 붓는 돈이다. 나 역시 직장에 들어간 만 25세부터 지금까지 피 같은 금액을 납입 중이다. 나는 만 60세가 되는 2026년까지 매달 30만 원 내외의 연금을 납부하고 64세가 되는 해인 2030년부터 매달 90만 원(현재 가치 기준)의 돈을 받게 된다. 만 25세부터 60세까지 꼬박 35년 동안 한 달도 빠짐없이 이 금액을 내야 한다. 연금 개시 연령은 생년에 따라 다르지만 대개 만 61~65세 사이이다(내가 2030년까지 살아 있을 거라는 보장도 없지만).

당연히 국민연금이 대한항공 경영권보다 중요하다. 대한항공 경영권을 누가 쥐든 비행기는 뜬다. '조양호 씨 일가가 경영권에서 멀어질수록 대한항공은 더 잘 운영될 것'이라는 추측을 반영하듯, 조 씨 사망 이후 대한항공 주가는 급등했다. 기업 이미지를 떨어뜨리는 경영자가 사라지면 기업 가치가 오를 것이라는 전망이 주식시장을 지배한 결과다. 시장은 냉정하다. 자본은 장님이다('장님'은 비속어지만 이보다 더 적절한 표현이 없기에 그냥 쓴다). 자본은 자기에게 이익이 되면 자본 그 자체도 배신한다. 조양호라는 자본가를 보호하기 위해 자본은 그 어떤 조치도 취하지 않는다. 조양호든 누구든, 자본에 해가 된다면 칼같이 내친다.

일개 기업의 경영권보다 아니, 우리나라 기업의 모든 경영권보다 국민연금이 더 소중하다. 국민연금은 온 국민의 피와 땀이고 경영권은 재벌 가문의 일이다. 대표이사를 아들이 하든 딸이 하든 마찬가지다. 달라질 게 없다. 글로벌 기업이라는 우리나라 재벌 회사들이 문제가 많은데도 잘 굴러가는 것은 대표가 똑똑해서가 아니다. 재벌 2, 3세들은 대개 말썽만 일으키고 멍청하고 절제할 줄 모른다. 서울대를 나오고 하버드를 다녔다고 해서 똑똑한 게 아니다. 시대와 호흡할 줄 모르고 미래를 내다보지 않으며 사원을 우습게 아는 한, 죄다 바보다. 그럼에도 기업이 유지되는 건 그들 아래에서 일하는 개미들 때문이다. 수만 명의 직원, 기술자, 연구자, 석·박사 등 유능한 근로자들이 그룹을 떠받치고 있기 때문이다.

21세기 자본주의 사회의 노동자는 선진국이든 후진국이든 '대체 가능한' 존재다. 기업은 노동자의 '대체 불가능성'을 경계한다. 이순신 장군을 의심한 선조처럼, 기업이 커질수록 스타 노동자는 거세 대상이 된다. 왜? 몸값이 올라가고 기업의 기술이나 기밀이 유출될 가능성이 커지기 때문이다. 그런데 아이러니하게도, 기업의 규모가 커질수록 그 기업의 CEO가 누가 되든 또 별 상관없는 현상이 일어난다. 한두 사람의 결정으로 기업이 움직이는 게 아니라 이미 시스템으로 움직이고 있기 때문이다. 21세기 한국의 재벌 수장이 결정해야 하는 일은 대체로 다음과 같았다(주로 2008년에서 2015년 말 사이).

'실력자의 딸에게 말을 사줄까, 말까?'
'실력자가 좋아하는구나! 잘됐다. 가만……, 말값을 얼마나 주어야 할까?'
'내 재산 불려준 국민연금 퇴직 직원을 그룹사에 차장으로 오라고 할까? 말까?'
'차명 주식 언제 팔지?'
'퇴직금 400억 어디다 쓰지?'
'다음 카지노는 어느 나라로 갈까?'

회사가 손해를 보든 말든 해외 원정 도박을 가고, 수백억 원의 퇴직금을 챙기고, 기업이 망해도 내 돈은 내놓지 않는 기업가 행태는 한국이나 미국이나 마찬가지다. 한국의 재벌은 미국 기업가들의 나쁜 점만 배우기 때문이다.

조양호 씨는 국민연금 측의 반대로 2019년 3월 말 대한항공 사내이사 연임에 실패했고 공교롭게도 며칠 뒤 숨졌다. 대한항공 측이 밝힌 사인은 '폐질환'이다. 조 씨는 이미 1년 동안 미국에서 투병 중이었다. 조 씨의 죽음은 사내이사 연임과는 아무 상관이 없으며 나아가 국민연금과는 일말의 관계도 없다. 그럼에도 이언주 바른미래당 의원은 "문재인 정권과 계급혁명에 빠진 좌파운동권들이 (조 씨를) 죽인 것이나 다름없다. 6·25 당시 인민군과 그에 부화뇌동(附和雷同)한 국내 좌익들이 인민재판을 통해 지주들과 자본가들 심지어는 회사원들까지 무참히 학살하고 재산을 몰수했다던 비극이 떠오른다"고 했다.

국민연금의 이사연임 반대가 조양호 씨의 죽음과 관계없다는 사실을 나경원 씨나 이언주 씨는 잘 알고 있다. 그런데 왜 이들은 이런 선동을 하는 걸까? '빨갱이', '좌익', '계급'이란 말을 하면 우루루 몰려오는 표들이 아직 있기 때문이다. 최상위 부유층과 역사 공부를 할 시간이 없는 빈곤층, 역사 공부를 할 생각이 없는 중산층이 가진 표다. 보수파 의원들은 이들 중 부유층을 위해 봉사한다. 속아선 안 된다.

대개 가진 게 많은 국회의원은 더 가진 자 편이다. 아니, 더 가진 자의 충복이다. 이를 극단적으로 보여주는 예가 지난 2016년 12월 최순실 청문회 때 있었다. 삼성, 현대, 한화 등 재벌 총수들을 불러 비리 사실 여부를 단죄하는 자리였다. 재벌이든 장관이든 전직 대통령이든 국민의 한 사람으로서 청문회에 성실히 임해야 한다. 힘이 좀 들더라도 반나절쯤은 버티고 앉아 전 국민이 시청하는 청문에 답해야 하는 것이 의무다. 그런데 코미디 같은 일이 벌어졌다.

2016년 12월 6일 오전 국회에서 열린 청문회 명칭은 '박근혜 정부의 최순실 등 민간인에 의한 국정농단 의혹 사건 진상규명 국정조사특별위원회'(국조특위)였다. 이 청문회에서 새누리당 이완영 의원이 김성태 위원장에게 쪽지를 보냈다. 그 쪽지에는 이렇게 쓰여 있었다.

"정몽구, 손경식, 김승연 세 분은 건강진단서 고령 병력으로 오래 계시기에 매우 힘들다고 사전 의견서를 보내왔고 지금 앉아 계시는 분들 모습을 보니 매우 걱정됩니다. 오후 첫 질의에서 의원님들이 세 분 회장 증인에게 질문하실 분 먼저하고 일찍 보내주시는 배려를 했으면 합니다."

정몽구 씨는 1938년 생으로 청문회 당시 만 78세였다. 손경식 씨는 1939년 생으로 77세, 김승연 씨는 1952년 생으로 64세였다. 100세 철학자 김형석 선생이 보기엔 다들 '젊은이'다. 이런 사람들이 반나절 동안 의자에 앉아 있는 게 힘들까? 재벌들은 이상하게도 구치소에 가거나 사회에 물의를 일으키면 '급성 하반신불수' 증세가 와서 휠체어에 앉아 카메라 세례를 받는다. 청문회 때 이들은 겉보기에 아무렇지도 않았다. 멀쩡했다. 그리고 2~3년이 지난 뒤에는 다음과 같은 내용의 기사가 났다.

정몽구 회장은 최순실 청문회 이후에도 중국 창저우 현대 자동차 준공식에 참석하는 등 활발히 활동했다는 소식이 들려왔다. 현대자동차 양재동 사옥도 2019년 초까지 방문했다. 언론 보도에 따르면 휠체어를 타거나 누가 부축해준 상태가 아니고 건강한 모습이었다고 한다.

한화 김승연 회장 역시 최순실 청문회 이후에 활발히 활동했다. 2018년 겨울에는 베트남 등을 방문하면서 현지화 사업 구상을 펼치기도 했다. 손경식 경총 회장은 2019년 4월 대통령 직속 일자리 위원회에 참여해 노총 관계자들과 박수를 치는 등 환담하는 사진이 인터넷 뉴스에 올랐다.

한마디로 세 사람 모두 건강히 잘 살고 있다는 거다. 그런데 왜 2016년에 국회의원 이완영 씨는 그토록 이들의 건강을 걱정했을까? 혹 이들의 건강보다 자신의 노후를 더 걱정한 건 아니었을까? 갑자기 《장자》*의 한 대목이 떠오른다.

송나라 사람 조상이 진(晉)나라에 사자로 파견되었다. 그가 떠날 때는 몇 대의 수레뿐이었으나 진나라 왕의 환대를 받고 백 대의 수레와 함께 돌아왔다. 그는 귀국길에 장자를 만나서 말했다.

"이보게, 이렇게 좁고 지저분한 골목에 살면서 어찌 이리 비쩍 말라 얼굴이 누렇게 뜬 채 살고 있나. 나를 보게. 한번 진나라 왕을 만나 조언을 해주고 백 대의 수레에 보화를 얻어오지 않았는가?"

---

* 이 책에 실린 《논어》, 《맹자》, 《동주 열국지》, 《사기열전》, 《한비자》 등은 저자가 원문 일부를 직접 번역했다.

장자가 대답했다.

"진나라 왕은 병이 나서 의사를 부를 때 종기를 터뜨려 고름을 빨면 수레 한 대를 주고 치질을 핥아서 고쳐주면 수레 다섯 대를 준다더군. 치료하는 데가 더러울수록 수레를 더 많이 준다는데 자네는 도대체 어디를 빨아줬는가? 수레가 많기도 하군. 더러우니 썩 꺼지게!"

2

을이 갑이 되고 갑이 을이 되는 이치

고전의 재해석

　　　　　　　나는 대학원에서 인문학 강의를
하고 있다. 야간에 수업이 있는 특수대학원이라 20대부터 60대
까지 전문직 종사자들이 학생들이다.

한 학기에 총 15회의 수업이 있는데 교칙에 따르면 총 수업 일
수의 30퍼센트, 즉 5회 이상 결석하면 자동적으로 'F'를 받게 되
어 있다. 출결은 성적하고도 연관이 있기에 학생들은 되도록 결
석하지 않으려 하고 회사 일 또는 출장 때문에 결석을 하면 사유
서나 결석계를 낸다.

어떤 학생은 직장 일로 인해 한 학기에 여러 번 결석하기도 한
다. 그러다 다섯 번에 가까워지면 내가 다 안타깝다. 3학기까지
잘 다니던 김 모 씨는 마지막 학기를 남겨 놓고 회사를 옮겼다.

"주 2회 오후 6시 50분에 시작하는 대학원에 가는 것을 양해해 달라"고 하자 새로 간 회사의 상사는 이상한 눈으로 쳐다보면서 "회사를 택하든지, 대학원을 택하든지"하라고 했단다. 국내 굴지의 IT 회사로 스카우트되어 간 그는 결국 학교를 중퇴하고 말았다.

야간대학원 첫 수업 시간에 맞추려면 학생들은 오후 6시에 칼같이 퇴근해야 한다. 좀 먼 곳에 있는 직장에 다니는 학생은 오후 5시 30분에 퇴근해야 한다. 우리나라 회사라는 곳은 참 이상하다. 오후 6시 퇴근이 명시되어 있고 주 52시간 근무제가 있지만 오후 7시나 8시 퇴근하는 것에 대해선 아무런 말이 없다. 그런데 오후 5시 30분에 퇴근하는 것에 대해선 제지한다. 물론 주중 다른 날 초과근무를 했으므로 30분 일찍 퇴근하는 것을 양해해주는 곳도 있기는 있다.

좀 전향적인 시각으로 회사란 걸 경영할 수는 없나? 사원이 대학원을 다녀서 지식의 폭이 넓어지고 지혜가 생기면 회사에도 이익이다. 내가 CEO라면 사원에게 학비를 대주며 한 시간 일찍 퇴근하라고 하겠다(아마 이래서 내가 CEO가 안 되는 모양이다). 21세기 정보사회에서 회사가 경쟁에서 살아남는 길은 결국 어떤 조직원을 갖추고 있느냐로 귀결된다.

두 가지 방법이 있다. 인재를 채용하거나, 현재 소속된 사원을 인재로 만들거나. 사원이 자발적으로 나서서 대학원을 다니고 자기계발을 한다는데, 기특하게 자기에게 투자하겠다는데, 이걸

막는다? 그런 회사에 밝은 미래는 없다. 저 위에 언급한 김 모 씨는 IT 회사에 가지 말았어야 했다. 아마 그 회사는 머지않아 망할 거다.

대학원에서 내가 가르치는 과목은 〈공학인을 위한 논어〉다. '팔일 제3편'에 이런 대목이 있다.

> 定公問: "君使臣, 臣事君, 如之何?"
> 정공문 군사신 신사군 여지하
> 孔子對曰: "君使臣以禮, 臣事君以忠."
> 공자대왈 군사신이례 신사군이충

노정공이 물었다. "임금이 신하를 부리고, 신하가 임금을 섬길 때는 어떻게 해야 하오?"

공자께서 대답하셨다. "임금은 신하를 예로 대하고, 신하는 임금을 충으로 섬겨야 합니다."

노정공은 노나라의 군주로 B.C. 509년에서 B.C. 495년 사이에 노나라를 다스렸다. 그는 공자를 중용해서 공자는 노정공 치하에서 재상 직무대리(지금으로 치면 국무총리 서리)의 자리에까지 올라갔다. 한마디로 공자가 잘나가던 시절이었고 노정공도 공자와 뭔가 개혁적인 정치를 시도하려 마음먹고 있던 시절에 나눈 대화다. 이 대목에서 공자의 대답은 "윗사람은 아랫사람을 예로 대하고 아랫사람은 윗사람을 충(忠)으로 섬겨야 한다"다. 현대에 적용하면 다음과 같은 해석이 가능하다.

"사장은 사원을 예(禮)로 대하고 사원은 사장을 충으로 섬겨야 한다."

사장이 지위가 높다 하여 사원에게 무례해서는 안 된다. 예로 대해야 한다. 사원은 사장에게 불충해선 안 된다. 다른 회사로 갈 생각을 한다거나, 회사에 불이익을 주는 행위를 해선 안 된다. 예와 충 사이에는 별 간극이 없는 것 같지만, 그 반의어인 무례와 불충은 큰 차이가 난다. 쉽게 말해서 예는 기본이다. 누군가를 예로 대한다는 것은 상대도 내게 예로 대해줄 것을 요구하는 행위다. 예로 서로를 대한다는 것은 동등한 위치에서 나오는 상호교환의 프로세스다. 충은 다르다. 충은 내 몸과 마음의 에너지를 100퍼센트 발휘하는 행위다. 내가 누군가를 충으로 섬긴다면, 나는 온전히 그만을 생각하고 그만을 위하고 그에게 모든 것을 바쳐야 한다.

그러므로 공자의 말은 "윗사람은 아랫사람을 자기와 같은 레벨에 있는 존재처럼 대하고, 아랫사람은 윗사람을 영혼까지 털어서 받들어야 한다"는 의미다. 2,500년 전 춘추전국시대라는 시대적 한계에서 만들어진 명제다.

나는 이 명제를 뒤집어 보고 싶다.

"사장은 사원을 충으로 섬겨야 하고 사원은 사장을 예로 대해야 한다."

세상이 바뀌었다. 이제 윗사람이 아랫사람을 충성스럽게 섬겨야 한다. 아랫사람은 윗사람에게 예로 대하면 그만이다. 사장이 엉뚱한 짓을 하거나 오버를 하더라도 '그도 나와 같은 수준의 사람이려니……' 하면 된다. 충은 말 그대로 마음을 하나로 모아 겸손하고 진실하게 응하는 자세다. 예전에는 신하가 임금을 이렇게 섬겼을지 모르지만 지금은 사장이 사원을 이렇게 섬겨야 한다. 사장이 사원을 충으로 섬기지 않으면 개인적으로는 감옥에 가고 전사(全社)적으로는 회사가 망한다.

땅콩회항을 한 조현아 씨를 보라. 아랫사람을 충으로 섬기지 않았기에 감옥에 갔다. 위디스크의 양진호 씨를 보라. 아랫사람을 능멸했기에 역시 감옥에 갔다. 대한민국을 대표한다는 항공사들을 보라. 사원들에게 불충했기에 이미지가 나빠졌고 지탄받았다. 천도교의 교리 중 하나는 '사인여천(事人如天, 사람을 하늘처럼 섬겨라)'다. 21세기 회사의 원칙은 '사원을 하늘처럼 섬겨라'가 되어야 한다. 사원을 하늘처럼 섬기는 회사라면, 적어도 대학원 수업에 가겠다는 사원을 이상한 눈으로 보지는 않겠지.

공자는 빨갱이?

공자 이야기가 나온 김에 조금 더 해보자.《논어》에 보면 이런 구절이 있다.

君子 周急 不繼富
군자 주급 불계부

군자는 가난한 사람을 도와줄지언정 부자에게 더 보태주지는 않는다.

〈옹야〉편

丘也聞有國有家者　不患寡而患不均　不患貧而患不安　蓋
均無貧

구야문유국유가자 불환과이환불균 불환빈이환불안 개균무빈

내가 들기를 나라나 고을을 다스리는 자는 그 규모가 작은 것을
걱정하지 말고 분배가 고르지 않은 것을 걱정해야 하며, 가난해질까
를 걱정하지 말고 평안하지 못할까를 걱정해야 한다. 대체로 분배가
고르면 가난이 없다.

〈계씨〉편

위의 언급은 모두 공자의 제자 염유와 관련이 있다. 당시 염유
는 노나라 독재자 계강자의 측근이었다. 첫 번째 〈옹야〉편 이야
기다. 어느 날, 공자의 제자 자화가 제나라에 사신으로 가게 되었
다. 염유는 혼자 남은 자화의 어머니를 생각해서 생활비를 드리
려고 했다. 그는 노나라의 총무처 장관 역할을 하고 있었으므로
자기가 알아서 주면 될 것을 공자에게 자문을 구했다.

공자는 "다섯 말 정도 드려라"라고 말했다. 염유가 "좀 더 드
리고 싶다"고 하자 "그럼 한 가마 반 정도를 드리렴" 하셨다. 이
정도면 충분하고도 남았다. 그런데 염유는 80가마를 드리고 말
았다.

공자께서 말씀하셨다.

"자화가 제나라로 갈 때 보니 살찐 말을 타고 비싼 가죽옷을

입었더라. 그 녀석 집이 부자란 말이다. 내가 알기로 군자는 가난한 사람을 도와줄지언정 부자에게 더 보태주지는 않는다."

〈계씨〉 편 에피소드는 다음과 같다. 계강자가 노나라 안의 작은 속국인 전유라는 곳을 정벌하려 하자, 공자는 염유에게 계강자를 말리도록 한다. 전유는 형식적으로 노나라 임금인 노애공에게 소속된 땅이었다. 이런 땅을 일개 대부인 계강자가 취하려 하자 공자가 그 월권행위를 지적한 것이다. 염유가 이런저런 핑계를 대다가 결국 "지금 정벌하지 않으면 나중에 후환이 두렵다"고 하자 그에 대해 공자는 "나라를 다스리는 자가 두려워 할 것은 땅 넓이나 인구의 대소가 아니라 분배다!"라고 확실하게 말한다.

그 다음 이야기는 "조화로우면 모자람이 없고, 평안하면 치우침이 없다. 만약 먼 곳에 사는 사람들이 복종하지 않으면 덕을 쌓아서 그들을 오게 하고, 온 다음에는 편안하게 해주면 된다"다. 2,500년 전 성인 공자께서 "군자는 가난한 사람을 도와줄지언정 부자에게 더 보태주지는 않는다"면서 "분배가 고르면 가난이 없다"고 했다. '성장이냐, 분배냐'라는 이분법적 논리는 이 땅의 성장주의자들이 "먼저 파이를 키우고 나누자"며 대다수 국민을 속이기 위해 만들어낸 속임수에 불과하다. 《맹자》의 〈등문공〉 하편에 이런 구절이 있다.

송나라 대부인 대영지가 물었다.

"농민이 수확한 농산물과 시장 상인 수입에 대해 지금 세금 걷는 방식이 잘못되어 있습니다만, 당장 고칠 수는 없습니다. 일단 내년까지 기다린 뒤에 없앨까 하는데, 어떨까요?"

맹자가 대답했다.

"날마다 이웃집의 닭을 훔치는 사람이 있다 칩시다. 어떤 사람이 그에게 '그런 짓을 하는 건 옳지 않다'고 말하니 닭 훔치는 사람은 '오늘부터 한 달에 한 번만 닭을 훔치다가 내년까지 기다린 후에 그만두겠다'고 했다면 어떨까요? 옳지 못하다는 것을 안다면 빨리 고쳐야지 어째서 내년까지 기다린단 말입니까?"

맹자가 정확히 짚었다. 지금 빨리 고치지 않으면 한 달 혹은 내년에도 고쳐지지 않는다. 성장주의자들은 "일단 성장하고 나누자"라고 하는데 지금 여기서 당장 나누지 않는 자들이 한 달 뒤 혹은 일 년 뒤에 나눌까? 0.01퍼센트도 안 되는 재벌이 독재 정권과 손잡고 독점을 통해 수십 년 동안 이 땅의 파이를 혼자 먹는 사이에 99.99퍼센트의 국민은 배를 곯았다. 그래놓고 "가난은 면하게 해주지 않았느냐?"를 노래한다. "박정희 씨가 5천 년 가난을 끊지 않았느냐?"며 칭송한다.

당신 같으면 한 달에 백만 원씩 용돈을 주는데 밤마다 패는 아빠가 좋겠는가, 용돈은 십만 원밖에 못 주지만 인자한 아빠가 좋겠는가? 이 책을 통틀어 박정희 씨는 계속 내게 섭히겠지만 한마디로 박 씨는 용돈은 많이 주지만 밤마다 개 패듯 패는 아빠다. 게다가 그 용돈도 자기가 좋아하는 큰형은 많이 주고 미워하는 막내는 안 주는 아빠다. 그런 아빠가 뭐 좋다고 떠받드는지 "조국 근대화의 기수"라며 박정희를 숭배하는 이들은 치유불능의 피학성애자들인가?

'성장이냐, 분배냐'라는 질문은 그 자체로 잘못되었다. 분배가 성장이다. 분배 없이는 성장도 없는 거다. 이건 내 주장이 아니다. 성인이신 공자님 말씀이다. 《예기》〈예운〉 제9편에는 공자가 꿈꾸는 이상 사회가 묘사되어 있다.

커다란 도가 행해지는 세상은 공정하고 평등하다. 어진 자가 등용되고 재주 있는 자가 정치에 참여해 조화를 이룬다. 사람들은 자기 부모만 위하지 않고 자기 자식만 귀여워하지 않는다.

나이 든 사람은 노후를 편안히 보내고, 젊은이들은 모두 할 일이 있으며, 어린이들은 안전하게 자라는 곳이다. 홀아비, 과부, 고아, 자식 없는 노인, 병든 자는 사회가 책임지고 부양한다. 남자는 모두 일정한 직분이 있고 여자는 모두 시집갈 곳이 있도록 조치한다.

땅바닥에 떨어진 것은 가지려고 하지 않는다. 공적인 지위는 누구든 할 수 있지만 꼭 자기가 해야 한다고 생각하지 않는다. 음모가 통하지 않고 도둑이나 폭력배가 설 곳이 없다. 문을 열어 놓아도 안심하고 다니니 이를 일러 대동사회라 한다.

고전을 읽을 때마다 나는 놀라고 좌절한다. 지금, 여기서 벌어지는 이야기를 이미 2천여 년 전에 해놓았기에 놀라고 그때부터 2천여 년이 흐른 지금까지 여전히 같은 문제가 해결되지 않은 채 남아 있어 좌절한다. 공자가 부르짖은《예기》의 이상 사회는 정녕 요원한 걸까?

맹자의 무차별 공격

이 책이 내내 자본주의를 비판하고 부자를 욕하는 걸로만 끝나면 얼마나 허무하겠나? 비난과 평가 안에 비전이 있고, 힐난과 폄하 속에 미래를 담보하려면 사색을 바탕으로 비중 있는 성현을 인용할 수밖에 없다. 공자에 이어서 맹자는 어떤 말을 했는지 보자.

등나라 문공이 나라를 어떻게 다스리면 좋은지 묻자 맹자가 대답했다.

"백성에 대한 일을 태만히 해선 안 됩니다. …… 백성의 도란 이렇습니다. 고정적인 수입이 있으면 마음이 흔들리지 않지만 고정적인 수입이 없으면 마음이 흔들립니다."

저 유명한 "有恒産者 有恒心(유항산자 유항심) 無恒産者 無恒心(무항산자 무항심)"의 구절이다. 이를 이기동 선생은 "일정한 재산이 있는 자는 일정한 마음을 갖고 일정한 재산을 갖지 못한 자는 일정한 마음을 갖지 못한다"고 풀었다(〈맹자강설〉). 고정적인 수입이 곧 일정한 재산이다. 지갑이 두둑해야 마음도 편안하다. 고전은 오래된 경전이 아니다. 고전은 현대다. 현대성과 현재성을 갖는다. 2,300년 전 맹자의 외침은 엊그제 들었던 강연 내용처럼 들린다.

현대사회는 최저임금을 받는 다수의 노예계층의 노동을 기반으로 평민과 자본귀족이 기생하는 구조다. 미국과 한국은 더욱 그렇다. 여기서 말하는 '노예계층'이란 최저임금을 받거나 그조차도 받지 못하는 노동자를 말한다. 노동자 평균 임금 대비 최저임금 비율이 한국은 37.7퍼센트로 중하위권, 미국은 25.2퍼센트로 최하위권이다(oecd.org.2015). 미국에서 상근 노동자가 한 달에 100만 원을 받는다면 최저임금으로는 25만 원밖에 못 번다는 의미다.

미국 오바마 대통령은 2015년 국정연설에서 "만약 여러분이 풀타임으로 일하고도 연봉 1만 5,000달러를 받아 가족을 부양할 수 있다면 한번 그렇게 해보라"며 의원들에게 최저임금 인상을 촉구했다. 결과는 어떻게 됐을까? 공화당의 반대로 무산됐다. 2015년 환율로 1만 5,000달러는 천6백만 원이다. 한국은 문재인 정권에 들어서서야 겨우겨우 최저임금을 올려 2019년 현재 시급 8,350원, 월급 1,735,150원이다. 다이소, 롯데마트, 씨유 등에서 일하는 분들 대부분은 이 임금을 받고 있다고 보면 된다.

영국에서는 근로자에게 시간당 7.2파운드, 우리 돈 1만 2천 원을 최저임금으로 지불해야 한다. 그런데 그 명칭이 최저임금이 아니라 '생활임금(living wage)'이다. '인간으로서 최소한 품위를 지키며 생활할 수 있는 임금'이라는 의미로 2016년부터 시행하고 있다. 말이 좋아 생활임금이지 이 돈으로 산다는 건 최소한의 생활을 뜻한다. 중소 자영업자들이 아우성치는 것처럼 최저임금이 오르면 정말 실업률이 늘어날까? 독일은 이와 반대되는 현상을 보여준다.

독일은 2015년 공식적으로 최저임금제를 시작했다. 최저임금제가 도입되면 대량 실업사태가 일어날 거라고 우려하는 목소리가 많았다. 하지만 유럽연합 통계국(Eurostat/News release)에 따르면 실업률은 2015년 4.6퍼센트에서 2016년 4.1퍼센트, 2017년 3.8퍼센트, 2018년에는 3.4퍼센트로 날이 갈수록 줄어들고 있다.

최저임금이 오르면 저소득층의 소비가 그만큼 늘어나게 되어 있다. 전체적인 소득총량이 커지기에 소비도 증가하고 이 선순환이 경제성장으로 이어진다. 당연한 이야기다. 상위 1퍼센트의 부자도 하루에 열 끼 못 먹고(먹방 유튜버 제외) 재벌도 한 번에 옷 열 벌 못 입는다. 최저임금을 무조건 틀어막는 것만이 능사는 아니다.

최저임금 이야기는 이 정도로 하고 다시 맹자로 돌아가자.

> 마음을 다스리는 데 욕망을 줄이는 것보다 더 좋은 방법은 없다. 욕심이 적은데 마음을 지키지 못하는 자는 있더라도 드물고, 욕심이 많으면서 마음을 지키는 자는 있기는 해도 드물다.

한마디로 욕심이 많으면 늘 흔들린다는 거다. 여기서 '마음을 지킨다'는 건 본래의 선량한 성품을 보존한다는 의미다. 맹자는 "있기는 하지만 드물다"는 말로 '욕심 많지만 좋은 인간'이 지구 상에 '한 사람쯤은 있다'는 가능성을 열어둔다. 그러나 역시 '드물다'에 방점이 찍힌다. 자본주의는 욕망의 무한추구를 전제로 한다. 당신이 돈만 있으면 얼마든지 원하는 것을 가질 수 있고, 할 수 있고, 나아가 누군가에게 어떤 일을 시킬 수 있다. 다만 욕망의 범위는 합법을 테두리로 한다. 그런데 자본주의는 그 태생상 '유전무죄, 무전유죄'의 성질을 갖는다. 돈이 많은 자와 적은 자에게 법이 동일하게 적용되지 않는다. 맹자는 또 말한다.

> 후하게 대우해야 할 사람에게 인색하게 대하는 자는 어느 누구에게도 인색하기 마련이다.

마치 맹자가 21세기 자본주의 사회를 정확히 내다보고 이런 말을 한 것 같다. 어리석은 자본가가 아랫사람을 대하는 사례를 보면 맹자의 예언이 참으로 신박하게 들린다. 능력 있는 사원에게는 연봉이든 보너스든 후하게 주어야 한다. 만약 후하게 대우해야 할 사원을 각박하게 대하는 CEO 밑에서 일하고 있다면 회사를 떠나는 게 맞다. "회사가 어려우니 참아 달라." 이런 말을 하는 사장은 사장의 자격이 없다. 다른 회사에 가면 얼마든지 대우받고 인정받을 수 있는 사원을 붙잡아두고 부리는 것은 넌센스다. 같은 일을 하면서 타사에서는 연봉 1억을 받을 수 있는데 5천만 원 주면서 있으라고 하는 건 비양심이다. 차라리 "회사가 어려우니 떠나 달라"고 말하는 게 훨씬 낫다.

옛날에 시장에서 장사할 때는 자기가 갖고 있는 물건을 다른 이의 것과 바꾸었는데 시장을 맡은 관리는 그것을 관리했다. 만약 어떤 못된 자가 있어서 높이 솟은 언덕에 올라가 좌우로 둘러보면서 시장의 이익을 그물로 거두듯 하면 사람들이 모두 그를 욕할 것이다.

여기서 나온 말이 농단(壟斷)이다. '이익이나 권리를 독차지한다'는 뜻이다. 농단은 최고의 리더보다는 중간 리더에게 더 많이 적용된다. '최순실이 국정을 농단했다'는 말은 있어도 '박근혜 대통령이 국정을 농단했다'는 말은 없다. 회사나 조직에서도 마찬가지다. 중간 관리급 이상의 직위에 있는 이들이 주로 농단질을 한다.

2, 3세들이 사건·사고를 일으키기로 유명한 H사와 또 다른 H사에는 재벌 자식 뒤치다꺼리 전담 직원이 있다. 술 먹고 엄한 사람 패기, 분노조절장애로 물컵 던지기, 견과류 알레르기로 비행기 돌리기 등 사회적 물의를 일으킨 철부지들 뒤에는 이들에게 맞거나 당한 이들을 상대로 회유, 협박, 종용 따위를 전문으로 하는 임직원들이 있기 마련이다. 한마디로 현대판 마름들이다. 이들은 땅 주인을 대신해서 소작인을 상대하는 협잡꾼들인데 직위는 팀장에서 전무까지 다양하다.

자식을 포함한 오너 가족의 잘못에 대해 이의를 제기하거나 내부고발을 한 사람들은 장기적으로 보면 회사의 발전에 도움이 되는 사람이다. 진짜 좋은 리더라면 이런 사람들을 후하게 대해야 한다. 어리석은 리더는 이들을 각박하게 대하고 현대판 마름은 중간에서 농단한다.

남에게 다스려지는 자는 남을 먹여 살리고, 남을 다스리는 자는 남에 의해 먹고사는 것이 천하를 관통하는 이치다.

이 구절을 현대적으로 해석하면 다음과 같다.

사원은 사장을 먹여 살리고, 사장은 사원에 의해 먹고사는 것이 천하를 관통하는 이치다.

이쯤 되면 사장님들은 이 책을 내던질지도 모른다. 좋은 소리도 한두 번인데 너무 반복하고 있다. 저자인 나도 잘 알고 있다. 그러나 정말 '반복이 지겹다'고 생각하는가? 사장 밑에서 일하는 사원은 어떻겠나? 한 말 또 하고, 한 말 또 하는 사장의 습관을 하루 종일 받아들이며 버티고 있는데. 사장의 가장 큰 문제는 사장 노릇을 안 하는 게 아니다. 맹자는 이렇게 딱 꼬집어 이야기한다.

사람들의 문제는 남의 선생 노릇 하기를 좋아한다는 것이다.

사장은 경영만 잘하면 된다. 월급 제때 주고, 이익 많이 생기면 보너스 두둑이 주고, 근로 기준 잘 지키고, 휴가 꼬박꼬박 챙겨주면 그만이다. 사원의 경조사는 반드시 챙기되 회식은 되도록 하지 말고 등산이나 야유회 따위는 집어치워라. 혹여 회식이나 등산을 하더라도 뒤풀이에서 쓸데없이 선생 노릇 하지 마라. 이러니저러니 조언하고, 최고위 과정 같은 데서 얻어들은 인문학 지식이나 와인 상식 같은 걸 늘어놓지 마라. 당신이 그들보다 수입이 좀 좋다고 해서 인생의 다른 분야에서 더 뛰어난 건 아니라는 사실을 명심하라. 당신은 사장이지 선생이 아니다. 어떤 사원은 당신보다 학력도 학벌도 학식도 더 좋다. 당신은 단지 자본주의 사회에서 회사를 운영하는 노하우를 그들보다 더 잘 알 뿐이다. 자, 따라해보시오.

"선생 노릇 하지 말고 사장 노릇이나 잘하자!"

창고가 가득 차야 예절을 안다

천민자본주의가 판치는 21세기 대한민국에서 우리는 어떻게 살 것인가?

이제 고전의 세계로 들어가 보자. 왜 고전인가? 유태인은 2천 년이 넘는 핍박과 억압 속에 살면서 자식들이 가능하면 두 가지 중 하나의 직업을 갖길 바랐다. 그것은 예술가와 선생이다. 왜? 그들은 사람들에게 존중받기 때문이다. 예술가와 선생은 인류 역사에 만연했던 인종차별과 민족차별의 벽도 어느 정도는 극복하게 해줬다. 화가나 피아니스트 그리고 학교 선생은 그가 유태인이든 아랍인이든, 흑인이든 백인이든 어느 정도 존경받는다. 최소한 인정은 받는다.

가난한 집안에 태어났다고 해도 예술가나 선생이 되었다면 그

나마 존중받으며 살아갈 수 있다. 하지만 예술가도 선생도 아니라면 고전을 통해 인문학적 소양을 갖추어야 한다. 그 길만이 부자들에게 꿀리지 않으며 정신적으로 좀 더 높은 위치에서 그들을 바라볼 수 있게 해준다. 이 책에서 수시로 고전을 인용하는 이유다.

아리스토텔레스의 말처럼 부자들은 돈이 모든 기준이기에 그들 앞에서는 "그래서 돈 많아?"라는 질문을 듣기 십상이다. 당신이 아무리 고상한 취미를 갖고 있고 아무리 드높은 명예를 얻었다 한들 "당신 연봉은 얼만가요?"란 물음 앞에서는 좌절하게 된다. 훌륭한 일을 해서 나라에서 훈장을 받았다 해도 그들의 "상금은 주나요?"라는 반응에 할 말을 잃게 되고 수십 권의 책을 쓴다 한들 "부동산을 모르세요?"라는 구박 앞에서 쪼그라든다. 다음은 독서토론회에서 만난 한 부자와 작가의 대화다.

"어디 사세요?"

"예, 도봉구 쌍문동 삽니다."

"단지는요?"

"S 단지인데요……."

"아휴, 거기 빨리 팔고 나오셔야 해요. 고점 찍었어요."

"아……, 제 집이 아니라서."

"어머, 베스트셀러 작가님이 아직 집이 없으세요?"

"네, 전세 삽니다."

"말도 안 돼. 인세 많이 버셨잖아요?"

"그 인세라는 게 실은 얼마 안 돼요."

"책 한 권 팔면 인세 얼마 받나요?"

"책이 만 오천 원이라면 한 권 나갈 때마다 작가는 천오백 원을 받습니다."

"이번에 책 몇 권 나갔죠?"

"예……, 한 8천 권 나갔습니다……."

"아……, 그럼…… (계산 중) 천이백만 원? 애걔……, 난 책 못 쓰겠네."

이런 부류에게 우리는 플라톤이나 맹자 정도를 들이밀어야 되는 것이다(이런 생각을 하는 나는 얼마나 쪼다인가). 역으로 부자들이 자신의 정신적 천박성을 모면하고자 '인문학'이라는 가면을 쓰기도 한다. 여기에 편승해서 전국의 수많은 사이비 단체에서 인문학 강좌를 열어 활황 중이다. 대개 복부인이나 고리대금업자, 건물주들이 골프복 입고 와서 책 읽는 척을 한다.

각설하고 《관자》 이야기를 해보자. 이 책을 펼치면 첫 페이지에 이런 문구가 보인다.

창고가 가득 차면 예절을 알고, 입을 옷과 먹을 양식이 풍족하면 영광과 치욕을 안다.

관중, 《관자》

춘추전국시대의 명재상 관중(기원전 725~645)은 실용주의 정책으로 제나라를 강국으로 만들었다. 《관자》는 관중과 제환공이 나눈 대화로 이루어진 책이다. 관중이 중국 역사상 가장 훌륭한 재상으로 여겨지는 데는 두 사람의 공이 있다. 첫째는 포숙아, 둘째는 제환공이다. 제나라에서 왕권 경쟁이 벌어졌을 때, 원래 관중은 제환공파가 아닌 공자 규파였다.

관중은 규를 위해 제환공에게 활까지 쏘았던 사람이다. 두 그룹이 왕권을 놓고 싸우다 최종적으로 제환공이 이겼을 때, 제환공은 공자 규의 가신인 관중을 제거하려 했다. 이때 포숙아가 나서서 관중을 적극적으로 천거해 관중은 재상의 자리에 오른다. 관중이 재상 역할을 잘 해나가는 데 있어 제환공의 존재 역시 중요했다.

《관자》를 보면 관중은 마치 컨설팅을 위해 태어난 사람처럼 정치, 경제, 사회에 대한 수많은 사항에 대해 제환공에게 가르침을 주고 건의를 한다. 박수도 마주쳐야 소리가 나는 법, 제환공 역시 지치지 않고 질문한다. 질문하는 자가 있기에 답하는 자가 빛난다. 질문이란 것도 뭔가를 알아야 하는 법. 멍청한 학생은 질문 자체를 하지 않는다. 알지 못해서이기도 하지만 알고자 하지도 않기 때문이다.

나라를 잘 다스리려는 욕망이 있었던 제환공은 끊임없이 질문하고, 정치적 지혜와 실력을 동시에 갖추고 있었던 관중은 지치지 않고 대답한다. 이 질문과 대답은 그대로 제나라의 정책이 되어 나타난다. 대표적인 것이 소금에 부과하는 염세다.

정치를 위해서는 돈이 필요하다. 무조건 세금을 거두어 들였다간 백성들이 반발하고 탈세하게 된다. 관중은 일단 소금 관리를 국유화하고 한 사람이 한 달에 먹는 소금 양까지 계산해서 여기에 세금을 부과하는 방식을 취한다. 관중의 계산에 의하면 1인당 의무적으로 내야 하는 인두세 대신 간접세인 소금세를 도입하면 무려 100배 이상 세금을 거둘 수 있었다. 제나라는 소금과 철이 많이 생산되는 곳이어서 이를 통해 부국을 이루고 나아가 강병을 실현한다. 관중은 실용주의적 경제 정책을 통해 제나라를 잘 다스렸을 뿐 아니라, 군대를 길러 중원을 위협하는 이민족을 방어했고 혼란한 춘추시대 중국의 여러 나라 중 제나라를 패자의 위치에 올려놓는 위업을 달성한다. 든든한 경제를 바탕으로 나라의 힘을 기르는 데 주력했던 관중이 《관자》의 첫 부분에서 말하는 것이 '나라를 다스리는 방법'이다.

나라에 재물이 많으면 멀리 있는 사람도 온다.

문제는 경제라는 것이다. 왜? '곳간에서 인심난다'는 말이 있다. 관중은 "사람은 누구나 가진 것이 있어야 예절과 영욕을 안다"고 간파했다. 당장 굶어 죽을 판에 누가 예의를 차리고 영광과 치욕을 따지겠는가?

세계적인 사진작가 제임스 나트웨이(James Nachtwey)가 1993년 내전으로 극심한 기근에 시달리던 아프리카 수단에서 사진 한 장을 찍었다. 수십 일 동안 굶은 남자가 오랜만에 급식소에 구호물자가 도착했다는 말을 듣고 기어가고 있는 사진이다. 사진 속의 남자는 뼈만 남은 몸이다. 그런데 이 남자…… 벌거벗었다. 어찌 옷이 없겠냐만 이 남자의 머릿속에는 오직 배를 채우겠다는 생각뿐이다. 어쩌면 부끄러움을 판단하는 뇌 기능이 멈춰 있는지도 모른다. 생존은 수치 앞에 온다.

관중이 살던 시대는 자본주의 시대가 아니었다. 그럼에도 2,600년 전의 현자는 "기본적인 재산이 있어야 문화도 있다"고 설파한다. 고전의 철인들이 뜬구름 잡는 소리만 한 것이 아니다.

돈 문제는 늘 중요했다. 특히나 자본주의 사회에서 돈은 피와 같다. 피가 돌지 않으면 우린 죽는다. 돈이 돌지 않아도 역시 우린 죽는다. 아이는 분유를 먹지 못하고 기저귀를 갈지 못한다. 누굴 만날 수도 없고 마음껏 먹을 수도 없다. 살 곳이 없어지고 입을 옷은 헤진다. 이게 죽음이 아니고 무엇이랴.

관중은 늙고 아내가 없는 사람을 환(鰥), 젊고 남편이 없는 사람이 과(寡), 늙어 자식이 없는 사람을 독(獨)이라 했다. 이들은 경제력이 없으므로 군주가 특별히 신경 써서 돌봐주어야 한다. 맹자는 여기에 어린데 부모가 없는 아이를 고(孤)라 하여 공동체에서 도움을 줘야 한다고 주장했다. 현대적 복지 사상의 출발이다.

프리랜서인 나는 수입이 들쭉날쭉하다. 많이 벌 때도 있지만 영 시원치 않을 때도 있다. 통장 잔액이 거의 바닥날 때면 북유럽 식의 '기본 수입'이라도 도입되었으면 하는 마음이 간절하다.

언젠가는 마이너스까지 통통 털어서 아파트 대출금을 갚고 아이 학비를 내고 나니 더 이상 끌어 쓸 돈도 없었다. 매일 열심히 일한다고 하는데도 돈 문제는 늘 나를 괴롭혔다. '아, 이 짓을 계속해야 하나' 하는 회의가 밀려왔다. 그야말로 나는 워킹 푸어(working poor)였다. 누군가 보험 설계사 일을 권유하며 자기 수입 통장을 보여줬을 때 내 눈은 휘둥그레졌다. 살짝 흔들렸다. 그때 독일 작가 롤프 베른하르트 에시히(Rolf bernhard Essig)가 쓴《글쓰기의 기쁨》이란 책의 한 구절이 눈에 들어왔다.

프리드리히 실러도 써야 할 희곡 제목별로 시간을 할당해놓은 계획표를 만들었다. 그는 돈을 빌려서 집을 한 채 샀는데 1802년과 1808년 사이에는 매년 한 편씩 작품을 완성해야만 빚을 다 갚을 수 있다고 계산했다. 계획서에는 32편의 희곡에 대한 구상이 제목과 함께 적혀 있었다.

독일의 대문호로 괴테와 함께 국민 작가로 추앙받는 실러도 집 대출금 갚느라 글을 썼다. 아하! 실러도 그랬는데 나 같은 작가야 말해 무엇하랴.

그때 읽었던 실러의 대출금 갚기 프로젝트에 대한 이야기는 나를 위로해주었다. 위대한 작가나 비루한 글쟁이나 다 똑같구나! 다행이었다. 크게 고민하지 않고 하던 일이나 계속하자고 마음먹었다. 더 크게 나를 위로했던 건, 프리드리히 실러조차 주택 대출을 다 갚지 못하고 죽었다는 사실이다.

일단 창고부터 채우자. 가만…… 우리 아파트 고점 찍었다는 그 부자 양반이나 찾아가 볼까?

누구의 행운인가?

군주를 섬기는 속세의 사람들은 모두 손숙오가 초나라 장왕을 만난 것을 행운이라 한다.

그러나 도를 아는 이들은 그렇지 않다고 여기니, 이는 초나라의 행운이라 한다.

世人之事君者, 皆以孫叔敖之遇荊莊王爲幸, 自有道者論之則不然, 此荊國之幸.

여불위, 《여씨 춘추》

내가 이 책을 쓰는 목적은 세상의 모든 을에게 희망을 주기 위해서다. 사원, 노동자, 허드렛일을 하는 사람들, 팔로워(follower)들에게 힘을 실어주기 위해서다. 만약 이 책을 읽는 당신이 대학을 나오고 손에 기름을 묻히지 않고 책상에 앉아 일하는 사람이라면, 힘들고 더럽고 험한 일을 하는 노동자들에게 감사해야 한다. 부끄러움 따위는 잊고 남자 화장실을 청소하는 아주머니와 위험을 감수하고 빌딩에 매달려 유리창을 닦는 아저씨 덕분에 우리가 편하게 회사를 다니는 거다. 건물마다 있는 주차 관리원 덕에 차를 안전하게 세울 수 있고 아파트마다 있는 경비원 덕분에 안심하고 잘 수 있는 거다. 새벽부터 일하는 마을버스 운전사, 목숨 걸고 불길 속에 들어가는 화력 발전소 용역, 지하철 스크린 도어를 점검하는 비정규직……. 이들이 우리 사회를 돌아가게 하는 든든한 하부 구조다.

우리가 세금을 내기에 지하철과 도로, 다리와 공항이 생긴다. 이런 사회적 간접 자본이 있기에 개인의 직접 자본 창출이 가능해진다. 그런데 잘 생각해보자. 토목만이 기반시설일까? 위에서 말한 3D 직종 종사자들이야말로 거대한 인적 SOC다. 왜 우리는 세금이 엉뚱한 데 쓰이면 아까워하면서 사람이 엉뚱한 대우를 받으면 안타까워하지 않을까? 왜 우리는 눈에 보이는 성수대교가 무너진 것에 대해 분개하면서 눈에 보이지 않는 사람의 마음이 붕괴된 것에 대해서는 분노하지 않을까? 가장 중요한 것은 눈에 보이지 않는데(《어린 왕자》에 나오는 여우가 그랬다).

왕도 그 자리에 없을 땐 욕한다. 내가 이 책에서 사장을 까는 이유는 일종의 조크다. 사원들이 읽고 웃으라는 뜻이다. 물론 사장이 읽어도 된다. 이 책을 읽으면서 자기를 돌아보면 좋은 사장

되는 거고, '미친 놈!' 하고 집어 던져도 그만이다. 이 세상엔 '리더가 되라', '리더가 세상을 움직인다', '리더가 역사를 만든다'는 류의 주장이 차고 넘친다. 물론 리더는 중요하다. 누구나 리더가 되고 싶어 한다. 하지만 모든 사람이 리더가 된다면 팔로워는 누가 할 것인가? 리더의 중요성은 충분히 강조되어 왔다. 나는 팔로워의 중요성을 이야기하고 싶다. 팔로워의 힘을 드러내고 싶다. 그래서 필연적으로 사장을 비판의 대상으로 삼을 수밖에 없다.

《여씨춘추》를 읽다가 내 생각에 딱 들어맞는 구절을 발견했다. "좋은 신하가 왕을 만난 것이 행운이 아니라 왕이 좋은 신하를 만난 것이 행운"이라는 거다. 이럴 때 나의 기쁨은 말로 표현할 수 없다.《여씨춘추》는 진시황의 생부라고 알려진 여불위가 진나라 승상이 되고 나서 막대한 재력을 바탕으로 당시 중국의 최고 석학 3,000명에게 저술하게 한 고전이다. "이 책에 한 자라도 더하거나 뺄 수 있다면 천금을 주겠다"는 자부심으로 완성한 당대의 사상 백과사전이다.

위에 예로 든 글에 초장왕과 손숙오가 등장한다. 기원전 770년부터 기원전 221년까지 지속된 춘추전국시대에 수많은 영웅이 등장하는데 그중 전기인 춘추시대를 대표하는 다섯 명의 리더를 '춘추 5패'라고 한다. 몰락해가는 주나라 왕실을 대신해서 질서를 잡았던 인물인데 시대 순으로는 '제환공-진문공-초장왕-오왕 합려-월왕 구천'이다.

이 중 초나라 장왕(?~기원전 591)은 왕에 오르고 나서 3년 동안 주색잡기만 하다 3년 후부터 정신을 차리고 초나라를 다스린 사람이다. 그가 다스리던 시절 천자의 나라인 주나라는 쇠퇴기였다. 주나라 사신 왕손만을 만났을 때 초장왕은 "주나라 왕실 창고에 보관된 구정(九鼎)의 무게가 얼마나 나가느냐?"고 묻는다. 한마디로 "지금 주나라는 힘이 없지 않느냐? 천자만 갖는다는 솥 따위는 나도 만들 수 있다"는 의미였다. 왕손만은 "그런 건 묻는 게 아니다"라고 응대한다. 좀 싸가지가 없었지만 초장왕은 투월초의 반란을 진압하고 손숙오를 재상으로 채용해서 초나라의 중흥기를 이끈다. 주변국을 진압하고 당시 초나라와 더불어 양대 강국이었던 진나라를 오산 전투에서 물리치고 패자의 자리에 올랐다.

그런데 초장왕은 원래 잡기에 능하고 주색을 밝혔다. 그랬던 그가 중흥 군주가 될 수 있었던 이유는 인재경영을 했기 때문이다. 초장왕은 손숙오를 발탁하면서 정점을 찍는다. 손숙오는 어질고 청렴한 사람이었다. 손숙오의 성품을 드러내는 일화가 있다. 젊은 손숙오가 하루는 집에 돌아와 어머니에게 절을 올리고 눈물을 흘렸다. 어머니가 물었다.

"왜 우느냐?"

"다시는 어머니를 보지 못할 것 같아서요."

"그게 무슨 말이냐?"

"머리 둘 달린 뱀을 본 사람은 죽는다는 속설이 있지 않습니까? 제가 아까 그 뱀을 보았는데 그냥 지나치려다 '다른 사람이 저 뱀을 보면 그도 죽을 것 아닌가' 하는 마음에 제가 죽여버렸습니다. 그러니 이제 저는 곧 죽을지도 모르겠습니다."

어머니는 그를 위로하며 말했다.

"너무 걱정 말아라. 사람이 죽고 사는 것은 하늘에 달렸으니 뱀이 어찌할 수 있겠느냐. 너는 남을 위해 덕을 베풀었으니 후에 좋은 일이 있을 것이다."

손숙오는 깨달은 바가 있어 눈물을 그치고 공부에 매진하여 기원전 601년에 초나라 재상에까지 올랐다. 초나라의 군사 체계를 고치고 관개시설을 새로 하는 등 부국강병을 이루는 데 공이 컸다. 이때 초나라는 춘추전국시대의 다른 나라를 제압하고 최강국이 되었다. 덕분에 초장왕은 당대의 리더가 될 수 있었다. 이 현상을 두고 사람들은 "손숙오가 초장왕을 만난 것은 행운이다"라고 말했지만 《여씨춘추》의 필자는 "초장왕이 손숙오를 만난 것이 행운"이라고 해석했다. 현대식으로 재해석하면 "참모가 대장을 만난 것이 행운"이 아니라 "대장이 참모를 만난 것이 행운"이며 "팔로워가 리더를 만난 것이 행운"이 아니라 "리더가 팔로워를 만난 것이 복"이란 의미다. 내 식대로 부연하면 사원이 사장을 잘 만나는 것보다 사장이 사원을 잘 만나는 게 더 중요하다. 좋은 인재가 회사에 들어오면 그 사원의 행운이 아니라 사장의 행운이란 말씀.

춘추전국시대를 배경으로 한 고전《열국지》를 보면 동주 시대에 명멸한 수많은 왕조 중에 어리석은 왕이 지배해도 그 아래 현명한 신하가 있어 나라가 유지된 경우가 있다. 멀리 중국의 예를들 필요도 없다. 조선 왕조를 보라. 선조 아래 이순신과 유성룡이있었기에 상처뿐인 결말이었으나 왜군을 물리치지 않았나? 모자란 왕 아래 유능한 신하들이 있으면 그 나라는 어느 정도 버티지만 왕이 아무리 노력해도 신하들이 어리석고 부패해 있으면 그나라는 위험에 빠진다. 신하는 백성을 포함한다.

다음 도식을 보자.

	현명한 왕	어리석은 왕
현명한 신하	최상	유지
어리석은 신하	위험	패망

현대적 해석에 의한 표는 다음과 같다.

	현명한 리더(대표)	어리석은 리더(대표)
현명한 팔로워(조직원)	최상	유지
어리석은 팔로워(조직원)	위험	패망

《여씨춘추》에는 '리더-팔로워'에 대한 중요한 언급이 등장한다. "초장왕은 손숙오를 스승으로 모셨다." 대개 현명한 리더가 아랫사람을 대하는 방식이 이렇다.

한비자는 말했다. "하급의 왕은 신하를 신하처럼 부리고, 중급의 왕은 신하를 친구처럼 대하고, 현명한 왕은 신하를 스승처럼 모신다"고. 초장왕은 3년의 방황을 끝내고 초나라를 최강국으로 만들었는데 그는 '절영지회(絕纓之宴)'라는 고사를 만들 만큼 리더의 본을 잘 보여준 사람이다. 신하를 스승처럼 모시진 않았어도 최소한 존중하고 아꼈다.

초나라와 정나라가 전쟁을 할 때였다. 초나라 장수 당교는 500명의 특공대를 이끌고 정나라 국경 안으로 들어가 결사적으로 싸웠다. 이 덕분에 초나라 대군은 손쉽게 정나라 수도 가까이에 이를 수 있었다. 초장왕은 당교를 불러 상을 내렸다. 그런데 이상했다. 당교는 한결같이 상을 사양하는 것이었다. 초장왕은 급기야 화를 내며 꾸짖었다.

"공을 세우면 상을 받는 것이 당연하다. 상을 거절하는 것은 무례요, 자만이다. 그대는 정녕 내가 내린 상이 부족하여 이러는 것인가?"

"신은 이미 왕께 상을 받았습니다. 그 은혜를 갚고자 이번에 힘껏 싸운 것뿐입니다. 그런데 어찌 또 상을 받을 수 있겠습니까?"

"나는 그대에게 상을 내린 기억이 없다. 언제 상을 받았다는 것인가?"

"수년 전의 일입니다. 언젠가 왕께서는 밤에 잔치를 벌이다가 모든 대부에게 관의 끈을 끊게 하신 일이 있습니다."

"그런 일이 있었지. 그런데?"

기원전 605년, 투월초라는 자가 난을 일으킨 적이 있다. 난을 진압하고 장수들과 함께 연회를 열었을 때, 초장왕은 아끼는 후궁 허희에게 "모든 장수들에게 술을 따르라"고 했다. 이때 술에 취한 젊은 장수가 어둠 속에서 허희의 허리를 껴안았다. 허희는 꽤나 재치 있는 여자여서 장수의 관끈을 하나 잡아 당겼다. 그녀는 왕에게 돌아와 말했다.

"무례한 신하가 있어 소첩의 몸에 손을 댔습니다. 그자의 얼굴은 보지 못했으나 관끈을 가져왔으니 왕께서 관끈이 없는 자에게 벌을 주시어요."

당시 왕의 여인을 건드리는 자는 중형에 처했다. 초장왕은 그러나 이렇게 명했다.

"이런 날 왜 답답하게 관을 쓰고 있는가. 모두 관을 벗고 끈을 끊어버리시오."

신하들은 영문도 모르고 관끈을 끊었다.

초장왕은 순간 판단에 능한 리더였다. '후궁을 건드린 자를 처벌하는 것이 옳은가, 용서하고 넘어가는 것이 옳은가'를 놓고 그는 후자를 택했다. 후궁의 화를 풀어주는 것과 부하 집단의 단결이라는 두 가지 선택지를 놓고 저울 위에 올려놓은 그는 장수들이 나라를 위해 더 중요하다고 판단했다.

초장왕은 후궁 한 사람 때문에 장수를 잃을 수는 없다고 판단했다. 이때 그가 후궁의 요청대로 "어느 놈이 내 여자 건드렸어?" 했다면 어땠을까? 승리를 축하하는 연회의 분위기가 깨졌을 것이고, 실수를 저지른 장수는 처벌당했을 것이다. 이때 술에 취해 허희의 허리를 감싸 안은 장수가 바로 당교였다. 그는 초장왕의 용서를 받고 결심했다. '왕을 위해 충성을 다하리라'고. 때문에 몇 년 뒤 정나라를 칠 때 그는 500 결사대를 조직해 선봉에 섰다.

오늘날의 기준으로 본다면 당교는 성추행으로 처벌받았을 것이다.《열국지》를 보면 연회가 끝나고 허희가 초장왕에게 항의하는 모습이 나온다. 초장왕은 허희를 달래고 "해가 지면 왕과 신하는 술자리를 그쳐야 하는데 더 마시자고 한 내 잘못"이라며 모든 책임을 자신에게 돌린다. 리더가 이 정도 그릇은 되어야 목숨을 바쳐 충성하는 팔로워가 생긴다.

손숙오 이야기를 더 해보자. 손숙오는 재상의 위치에 있으면서도 청렴해서 그가 죽을 때 남긴 유산이 거의 없었다. 그럼에도 아들 손안에게 특이한 유언을 남겼다.

"내가 죽거든 너는 절대 벼슬을 하지 말고 혹여 왕께서 봉토를 주신다고 하면 침구 땅을 받겠다고 하여라."

전 재상의 아들은 손수 지게를 지고 나무를 했다. 이 사실을 알게 된 초장왕이 손안에게 봉토를 주어 편히 살게 하려 했다. 손안은 부친의 유언대로 초나라에서 가장 척박한 땅인 침구 지역을 달라고 했다. 초장왕은 "침구는 아무도 원하지 않는 곳인데 어째서 그곳을 원하는가?" 하며 비옥한 지역을 주고자 했다. 그럼에도 손안은 끝내 침구를 원했다.

손숙오는 알고 있었다. 갑이 을이 되고 을이 갑이 되는 이치를. 권력의 부침을. 그는 청렴결백했으나 그럼에도 속으로는 그를 원망하는 이가 있을 수 있음을.

손안은 침구 땅을 물려받아 안분자족(安分自足)하며 살았다. '누구도 원하지 않는 땅'이었기에 초장왕이 죽고 권력이 바뀌어도 손안은 영토를 빼앗기지 않았으며 그의 집안은 자손대대로 그곳을 일구며 목숨을 유지했다. 손숙오는 이렇게 지혜로운 사람이었기에 왕을 살리고 나라를 살리고 후손을 살렸다. 현명한 신하 한 사람이 얼마나 중요한가? 이 문장의 '신하'는 팔로워이자 서포터(supporter)이자 퍼실리테이터(facilitator)로 바꾸어도 무방하다.

어떤 충성을 할 것인가?

"아니, 어떻게 이렇게 될 때까지 나한테 말 한마디 해주는 사람이 없었나요?"

"세 비서관이 최순실 씨에 대해 보고하지 않았나요?"

"그 사람들도 최 씨한테 꼼짝 못 하고 말이죠."

"그동안 최순실 씨가 다양한 이권에 개입해서 사익을 취했더라고요. 대통령께서 최순실 씨에게 따끔하게 한마디 하셨으면 좋았을 텐데……."

"……."

박근혜 대통령은 강한 사람이었다. 그러나 그 순간 그는 무너졌다. 눈물을 흘렸다. 흐느끼다 펑펑 울었다…….

최순실 사건 당시의 청와대 분위기는 이렇지 않았을까?

박근혜 전 대통령은 국회에서 탄핵 소추안이 가결되기 직전인 2016년 11월, 윤전추 전 행정관과 최순실에 대해 이야기하며 폭풍 오열했다. 최순실이 대통령을 등에 업고 각종 비리를 저지르는데도 소위 '문고리 3인방'이라 불리던 비서관 중 그 누구도 박 대통령에게 제대로 보고하지 않았다면서.

이 모든 일은 누구 책임일까? 축구 경기에서 지면 감독 책임이다. 골키퍼 책임이 아니다. 공격수나 수비수 책임은 더더욱 아니다. 회사에서 야유회를 가는데 비가 오면 누구 책임인가? 그 날짜로 정한 사람 책임이 아니다. 사장 책임이다. 회사와 관련된 모든 일은 오로지 사장 책임일 뿐이다. 나랏일이 엉망이 된 최종 책임은 그런 비서관을 임명한 박 전 대통령에게 있다. 최순실을 가까이 한 것도 그의 잘못이다.

다만, 3인의 비서관 역시 상관을 제대로 모시지 못한 과오는 있다. '팔로워로서 리더를 어떻게 따를 것인가? 아랫사람이 윗사람을 어떻게 대해야 하는가? 진정한 충성은 어떤 것인가?'에 대해 청말 명초의 문인 풍몽룡(馮夢龍)이 지은 《동주 열국지》에 그 정답이 나와 있다.

기원전 575년, 초나라와 진나라가 언릉(현재의 허난성 남쪽)에서 중원의 지배권을 놓고 전투를 벌일 때의 일이다. 어느 날 초나라 공왕이 진나라 장수의 화살을 맞고 진 채로 돌아와 분노를 삭이고 있었다. 이때 군사(총사령관) 자반이 "내일 총공격을 하자"며 공왕을 달랬다. 자반은 막사로 돌아왔으나 전투에 대해 뾰족한 계책이 떠오르지 않아 서성대다 시동인 곡양에게 물을 한 잔 청했다. 곡양은 평소 자반이 술을 좋아하는 것을 알고 시원한 술을 한 잔 올렸다.

"술이냐?"

자반은 술을 좋아했으나 한번 술을 마시면 끝까지 마셨고 다음 날 늦게까지 일어나지 못했다. 이런 술버릇을 잘 아는 초공왕은 언릉 전투에 참가하기 전, 자반에게 금주령을 내렸고 자반 역시 "전투 중에는 절대 술을 마시지 않겠다"고 맹세했다. 이런 사정을 아는 곡양은 혹시 누가 들을까 봐 이렇게 말했다.

"술이 아니고 곡차입니다."

자반은 곡양을 쳐다봤다. 곡양은 눈을 내리깔며 헛기침을 했다. 자반이 그 뜻을 알아차리고 단숨에 들이켰다. 한 달만에 들어온 술기운이 내장을 자극했다. 단숨에 기분이 한껏 고양되는 느낌이었다.

"아, 그것 참 시원하구나. 한 잔 더 다오."

"예~."

한 잔, 또 한 잔…… 자반은 꼭지가 돌 때까지 마셨다.

"너야말로 충실한 비서다."

자반은 곡양에게 이렇게 말하고 실컷 술을 마시고는 대취해 쓰러졌다. 이때 초공왕은 잠들지 못하고 전전긍긍했다. 밤늦게 자반에게 내시를 보내 내일의 전술을 논의하려 했다. 그러나 내시가 아무리 깨워도 자반은 일어날 줄 몰랐다. 내시가 10여 차례 오가자 곡양은 술을 제공한 사실이 들통날까 봐 도망가버렸다. 초공왕은 총사령관이 만취해 정신을 잃은 것을 알고 날이 밝는 대로 철군할 것을 명령했다. 다음 날, 해가 기울 무렵에야 자반이 깨어나 보니 수레에 실려 어디론가 가고 있었다.

"지금 어디로 가는 중이냐?"

"철수하는 중입니다."

병사들이 대답했다.

"아니, 왜 철수를 하느냐?"

"어젯밤에 왕께서 논할 일이 있어 군사를 부르러 보냈으나 군사께서 대취하여 일어나지 못하므로 왕께서 철군을 명하셨습니다."

이 말을 듣고 자반이 말했다.

"아! 곡양 이놈이 나를 망쳤다."

풍몽룡,《동주 열국지》

자반은 초공왕을 볼 면목이 없어 스스로 목숨을 끊었다. 하인 곡양이 자반에게 술을 바친 행위는 작은 충성이다. 자반이 바라는 순간의 쾌락을 채워주었기 때문이다. 큰 충성을 하려면 상관이 술을 원해도 주지 말아야 한다. 그랬다면 비록 그때는 혼이 날지라도 전투에서 승리하고 나서 진정한 충복으로 인정받았을 것이다.

상관이, 대표가, 사장이 잘못된 길을 갈 때 아랫사람은 어떻게 해야 하는가? 사원에게는 사원의 길이, 을에게는 을의 도리가 있듯 팔로워에게는 팔로워의 룰이 있다.

상관이 불법을 저지르려 하면 말려라. 두세 번 말려도 듣지 않으면 대표에게 알려라. 대표도 한통속이면 빨리 회사를 떠나라(안 그러면 너도 죽어……). 대표가 눈앞의 이익에만 급급해하면 이치를 들어 설명해라. 알코올 중독이어서 술만 취하면 접대를 망치곤 했던 사장이 또 술을 달라고 하면 헛개차를 주어라. 그게 큰 충성이다.

누가 부자인가?

> 대왕의 땅은 끝이 있지만 진나라
> 의 요구는 끝이 없고, 끝이 있는 것으로 끝없는 요구를 만족하려 하
> 니, 이것이 이른바 '원한을 사고 불행을 부른다'는 것입니다.
>
> 사마천, 《사기열전》, 〈소진열전〉 편

기원전 4세기 전국시대 말, '진-한-위-조-초-연-제'의 일곱
개 나라가 대립하고 있었다. 가장 강대한 진나라가 바야흐로 나
머지 6개국을 집어삼키기 직전이었다.

진나라 주변의 소국들은 진나라가 땅을 요구하면 땅을, 인질
을 요구하면 인질을 내어주며 강화협상을 맺기에 바빴다. 소진은
6개국이 연합하여 진나라에 맞설 것을 주장했다. 저 유명한 '합

종-연횡'의 합종책이다. 그는 말한다.

"당신들이 가진 땅은 유한하고, 진나라 왕의 욕심은 무한한데 어떻게 유한한 것으로 무한한 것을 만족시키려 합니까?"

소진의 외침에 자본주의 시대 우리의 모습이 투영된다. 자본은 유한하고, 사람의 욕심은 무한한데 어떻게 유한한 돈으로 무한한 욕망을 만족시킬 수 있을까? 이 세상의 모든 돈을 다 가져도 불만인 것이 우리의 욕망이다. 끝이 정해져 있는 물질로 끝이 없는 마음을 충족한다는 전제 자체가 잘못된 것이다.

과연 어떤 사람이 부자일까?

우리가 생각하는 기준은 첫째도 돈, 둘째도 돈, 셋째도 돈이다. 21세기 대한민국은 자본주의 사회, 그것도 매우 천박한 자본주의 사회이기 때문이다. 우리는 재테크에 눈을 밝히고 귀를 기울이지만 왜 재테크를 하는지, 재테크보다 더 중요한 것이 무엇인지에 대해서는 관심을 갖지 않는다. 재테크보다 더 중요한 것은 '올바르게 사는 것'이다. 공자는 말했다.

부귀는 누구나 다 원하는 것이지만, 정당한 방법으로 얻은 것이 아니라면 편히 받아들여선 안 된다.

《논어》, 〈이인〉 편

과연 이 말이 고리타분한 옛날이야기에 불과할까? 공자는 또 말한다.

> 사람의 인생은 곧다. 곧지 않게 살아가고 있다면 요행히 재앙을 면하고 있는 것뿐이다.
>
> 《논어》, 〈옹야〉 편

가난하게 살고 싶은 사람은 없다. 가난이란 치명적인 불행 조건이다. 부자가 되고 싶어 하는 것은 인지상정이다. 그러나 정당한 방법으로 부자가 되어야 한다. 수단과 방법을 가리지 않고, 법도 어기고 뇌물도 써가며 부자가 되는 것은…… 옳지 않다. 옳지 않은 삶은 언젠가는 재앙을 당한다. 이 사실을 무시하기 때문에 잘나가던 판검사가 하루 아침에 뇌물 사건으로 옷을 벗는다. 이 사실을 간과했기 때문에 다선의 정치인이 하루아침에 나락으로 떨어진다. 이 사실을 우습게 여겼기 때문에 재벌의 후손이 감옥에 간다(물론 재벌의 후손은 감옥에 가더라도 금방 나온다).

그럼, 어떤 사람이 부자일까?

우리는 생각한다. 재산이 10억 정도 되면 부자다. 연봉이 1억이 넘으면 부자다. 서울의 50평대 아파트에 살고 벤츠를 몰면 부자다……. 그런데 부자를 규정하는 기준이 오직 경제적인 것뿐일까? 경제적 기준은 기본이다. 하지만 그게 전부여선 안 된다.

프랑스의 퐁피두 대통령은 이미 1969년에 다음과 같은 사람을 건전한 사회의 중추를 이루는 중산층으로 규정했다.

1. 외국어를 하나 이상 구사하는 사람.
2. 스포츠를 하나 이상 즐기는 사람.
3. 악기를 하나 정도 다룰 줄 아는 사람.
4. 남들과 다른 맛의 요리를 만들 줄 아는 사람.
5. 불의에 항거할 줄 알고 늘 약자를 도우며 봉사활동을 꾸준히 하는 사람.

미국의 공립학교에서 가르치는 중산층 기준에 '부정과 불법에 저항하는 사람'이 있고 영국 옥스퍼드대학이 정한 중산층 기준에도 '페어플레이를 하는 사람'이 있다. 영국, 프랑스, 미국에 공통된 중산층 기준에는 '사회의 약자를 돕는 사람'이 있다. 약자 앞에서 약하고 강자 앞에서 강한 사람이 진짜 부자 아닐까? 한국에는 온갖 편법과 불법으로 돈을 모은 자들이 부지기수다. 사무장 약국을 운영해서 수천억을 모으는 자, 내야 할 상속세를 내지 않고 수백억을 물려받은 자, 국민의 노후를 위한 자금까지 동원해 재산을 불리는 자, 하청업체에 대한 갑질로 돈을 불리는 자……. 이런 부자들일수록 강자 앞에 약하고 약자 앞에 한없이 강하다.

당송 팔대가 제일의 문인이라 일컬어지는 한유(768-824)가 쓴 수필 《송궁문(送窮文)》을 보면 그가 생각한 가난이 어떤 것인지 잘 드러나 있다. 한유는 가난을 가져오는 귀신인 궁귀가 다섯 있다고 했다. 지궁(智窮), 학궁(學窮), 문궁(文窮), 명궁(命窮), 교궁(交窮)의 오귀(伍鬼)다.

지궁은 지혜를 추구하려는 욕심 때문에 생기는 가난, 학궁은 학문 때문에 생기는 가난, 문궁은 좋은 문장을 쓰려는 욕심으로 인한 가난, 명궁의 명(命)은 목숨, 운수라는 뜻으로 '책임질 일을 마다하지 않아 임금의 눈 밖에 나는 일＝목숨을 재촉하는 일', 즉 명예에 대한 욕심 때문에 생기는 가난이다. 교궁은 친구를 사귀려는 욕심 때문에 생기는 가난이다. 한유는 이 다섯 가지가 자신을 가난하게 만들었다고 한탄한다. 그러자 다섯 귀신은 들고 일어나 항변한다.

"이보시오. 한 공. 그런 섭섭한 소리 마시오. 그대는 비록 보리밥에 한 가지 반찬을 먹으며 가난하게 살았지만 그 와중에 학문에 정진할 수 있었기에 그 무엇과도 바꿀 수 없는 명성을 얻게되지 않았소? 우리가 있어서 그대의 이름은 백 세 뒤에도 전해질 것이오."

한유는 그 답에 굴복한다. 이 다섯 가지가 자신을 가난하게 만들었지만 결국 궁귀야말로 진정한 부자가 갖춰야 할 요건이란 걸 깨달았기 때문이다. 가난을 부르는 오귀는 역설적으로 진짜 부자가 되는 길이다.

한유의 생각대로라면, 부자는 다섯 가지 기준에 의해 평가되어야 한다.

첫째, 얼마나 지혜로운가?
지혜로운 사람일수록 부자다.
둘째, 얼마나 공부를 많이 했는가?
널리 배우고(博學) 깊이 묻는(審問) 사람일수록 부자다.
셋째, 얼마나 좋은 글을 쓰는가?
나같이 글을 쓰는 사람에겐 마음에 드는 기준이다.
넷째, 얼마나 명예롭게 사는가?
이름을 더럽히지 않는 것이 부자의 기준이다.
다섯째, 얼마나 좋은 친구를 사귀는가?
친구가 적은 것이 진짜 가난이다.

한유는 '얼마나 돈이 많은가?', '얼마나 큰 집에 사는가?', '어떤 수레를 몰고 다니는가?' 같은 기준에 대해 말하지 않았다. 당나라나 송나라 때는 아무리 잘사는 사람도 에어컨 없이 한여름 더위를 견뎠고, 소달구지를 타고 다녔다. 말 몇 마리만 있어도 부자 소리를 들었다. 우리나라에서도 불과 몇십 년 전에는 한 달에 쌀 두 가마를 받으면 출세했다고 여겼다. 현재의 시각으로 보면 하잘 것 없는 것들이다. 지금 우리가 중요하다고 여기는 아파트 평수나 주식 가치, 연봉도 미래의 기준에서 보면 우스울지 모른다. 왜 시기에 따라 바뀌는 기준에 바뀌어서는 안 되는 자존감을 맞추려 하는가? 아파트 가격과 주식 가치는 매 시간 변하는데, 그 변동 폭을 따라 우리의 영혼도 널을 뛰어야 할까?

지금 가난한가? 온라인으로 외국어를 배워라. 모아 놓은 돈이 없는가? 농구공을 들고 나가서 뛰어라. '나는 왜 부자가 아닌가' 하는 자괴감이 드는가? 가까운 도서관에 가서 책을 펼쳐 들어라. 은행 잔고가 비어 가는가? 그럴수록 친구를 만나 웃으며 대화하라. 만약 좋은 친구들과 함께 누구도 만들 수 없는 맛있는 요리를 하며 '불의에 항거하는' 마음을 나눌 수 있다면 우리는 한유 선생과 퐁피두 대통령이 정한 부자의 조건을 동시에 만족시키게 된다.

나는 노예, 너는 꽃뱀

신안군 염전 섬 노예 사건. 2014년 1월 28일 전라남도 신안군의 한 염전에서 임금 체납과 감금으로 혹사당하던 장애인 두 명이 경찰에 구출된 사건이다. 〈위키피디아〉에 따르면 시각장애인 김 씨는 숙식을 제공받고 큰돈도 벌 수 있다는 직업 소개업자의 제안에 넘어가 2012년 7월 신의면의 한 염전에 취업했다. 하루 5시간도 못 자며 고된 육체노동을 강요받은 피해자는 이를 견디지 못하고 세 차례나 탈출을 시도했으나 번번이 실패했다. 염전 주인 홍 씨의 삼엄한 감시 때문에 외부와 접촉할 방법이 차단된 김 씨는 2014년 1월 13일 읍내에 나왔을 때, 몰래 적은 편지를 어머니께 보낸다. 어머니의 신고를 받은 서울 구로경찰서 실종수사팀은 1월 28일 김 씨와 또 다른 피해자 둘을 섬에서 구출했다. 염전 주인 홍 모 씨는 영리약취, 유인 등의 혐의로 형사 입건됐다. 이 사건 이후 지역 경찰과 염전 업주들의 유착 의혹이 제기되자, 3월 11일 목포경찰서는 관할 13개 도서파출소 경찰 87명 가운데 74명을 교체했다.

21세기 대한민국에서 노예라니? 그런데 정말로 노예가 있다. 신안군 염전에서 섬 노예로 부려진 사람들은 하루 19시간씩, 짧게는 1년 6개월에서 길게는 5년 2개월까지 노동착취를 당했다. 이 사건은 웬만한 뉴스에는 놀라지 않던 당시 대통령 박근혜 씨도 놀라게 해서 "철저히 수사하라"는 성명을 발표할 정도였다.

장애인 김 씨는 염전 주인으로부터 각목과 쇠파이프 등으로 폭행을 당하기도 했다. 그는 "파출소 경찰들이 염전 주인들과 한패라 그곳에는 가지 않고 몰래 우체국에 가서 편지를 써 어머니에게 소식을 전했기에" 구출될 수 있었다. 이게 21세기 대한민국의 민낯이다. 염전 주인과 장애인을 속여 취업시킨 직업소개소 직원은 구속됐다(항소심에서 이들은 집행유예로 풀려난다. 판결 이유는 "지역의 관행이므로"였다. 대한민국 법원, 왜 이럴까?).

그런데 가만히 생각해보자. 섬 노예만 노예인가? 하루 19시간씩 일하고 폭행을 당하면서 일하는 이들은 서울의 IT 회사에도 있다. 신안군 염전에서 더 이상 일하기 싫어 벗어나려 했던 김 씨는 세 번이나 탈출을 시도했으나 번번이 염전 주인 편인 지역 주민에게 걸려 염전으로 돌아와야만 했다.

우리는 과연 이들보다 나은가? 회사를 그만두고 싶어도 번번이 카드빚에 발목 잡혀 다시 출근하지 않나? 일을 그만하고 싶어도 번번이 가족에게 걸려(!) 우리만의 염전으로 되돌아가지 않나? 한 달에 십만 원을 받든 천만 원을 받든, 우리의 자유 의지에 반해서 일해야 한다면 그게 노예 상태다. 노예는 만들어지는 게 아니고 태어난다. 여기서 우리의 정체성을 명확히 하자. 나도 당신도 노예다(부모 재산 물려받은 사람은 제외).

또 다른 정체성 논란에 대해 이야기해보자. 몇 해 전, 여배우 L 씨가 사업가와 1년 6개월 동안 사귀다 헤어진 적이 있다. 사업가는 이 여배우에게 교제 기간 동안 10억 원을 썼다(고 주장했다). 여배우가 결별을 통보하자 사업가는 교제 기간 동안 쓴(이 중에는 여배우의 생활비, 유흥비, 선물값 등이 포함되어 있음)을 돌려달라고 요구했다. 사업가는 그러면서 "나는 이렇게 연예인 꽃뱀에게 당했다", "동영상을 퍼뜨리겠다"며 소문을 내겠다고 협박했다. 여배우는 할 수 없이 1억 6천만 원과 귀금속 약 60점을 돌려줬다. 결국 여배우는 남자를 협박 혐의로 고소했고 합의금 3억 5천만 원(또 돈!)을 받고 소송을 취하했다. 이 사건이 일어났을 때 나는 주변 여성들의 반응에 놀랐다. 배울 만큼 배웠다는 여성들도 "사랑하면 남자한테 그 정도는 충분히 받을 수 있다"면서 여배우를 두둔했다.

과연 그럴까? 남자는 유죄다. 그럼 여자는?

선물이나 돈을 준다고 해서 다 받아야 할까? 나는 어떤 의문이 있을 때 문학작품이나 고전에서 그 해답을 찾곤 한다. 미국의 작가 진 웹스터(Jean Webster)가 쓴 《키다리 아저씨》를 보면 고아 소녀 주디 애봇이 사업가인 펜들턴 스미스에게 도움을 받는 내용이 나온다. 주디의 문학적 재능을 높이 산 스미스 씨는 주디의 대학 학비와 생활비를 지원해준다. 가끔 크리스마스 선물도 보낸다. 그러던 어느 날, 50달러를 주디에게 주면서 "좋아하는 모자를 사라"고 한다. 당시에는 100달러로 두 사람이 고급 레스토랑에서 실컷 먹었다고 하니 50달러면 현재 가치로 약 10만 원 내외라고 추측할 수 있다.

이 추가 기부금(!)에 대해 주디가 키다리 아저씨에게 보낸 편지는 다음과 같다.

여기 선생님이 부쳐주신 50달러 수표를 돌려보냅니다. 매우 고맙지만, 저는 받을 수 없어요. 제게 주신 용돈으로도 필요한 모자는 충분히 살 수 있습니다. 지난번에 모자 가게에 대해 제가 너무 속없이 떠들었나 봐요. 그런 멋진 모자들을 본 적이 없었거든요. 하지만 저는 구걸하지는 않았습니다. 사실 더 이상의 자선은 받아들일 수 없답니다……. 저는 다른 소녀들과 다릅니다. 그 애들은 사람들에게 받는 걸 당연하다고 여기죠. 그들은 부모, 형제와 이모, 삼촌들이 있지만 저는 친척이라곤 없는 혈혈단신입니다…….

저는 꼭 필요한 돈 이상은 받을 수 없습니다. 언젠가는 그걸 갚아야 하지 않겠어요? 제가 원하는 훌륭한 작가가 될 수 있다고 해서 큰 빚을 져도 되는 건 아니니까요. 저 역시 예쁜 모자를 갖고 싶지만, 그것 때문에 저의 미래를 담보로 잡아선 안 될 테니까요.

진 웹스터, 《키다리 아저씨》[*]

주디는 이 일이 있고 나서 1년 후, 키다리 아저씨의 또 다른 호의를 접하고 다시 거절 편지를 쓴다.

올 여름에 저를 유럽에 보내 주신다니, 정말 고맙고 너그러우시네요. 처음 그 얘길 들었을 땐 너무 들떴어요. 하지만 다시 생각해보니 역시…… 안 될 것 같아요. 제가 너무 사치스러운 생활에 빠지지 않게 해주세요. 우리는 애당초 누려보지 못한 것은 갖고 싶어 하지 않습니다. 하지만 당연히 자기 것이라 여기는 것이 있다면 사람은 누구나 그것들 없이 지내기가 굉장히 힘듭니다.

진 웹스터, 《키다리 아저씨》

주디의 자세가 맞다. 꽃뱀은 부자 남자에게 일단 한 달에 천만 원 정도 용돈을 받고 나면 '그것들 없이 지내기가 몹시 괴로운 법'이다(남자의 주장에 의하면 그가 이 여배우에게 한 달 평균 쓴 돈이 6천만 원이다. 호구 같은 X). 세부니 하와이니 해외여행을 같이 가면서 남자가 비용을 죄다 부담하기 시작하면 '그것들 없이 지

---

[*] 《키다리 아저씨》진 웹스터, 더센추리컴퍼니, 1912, 캔들 에디션, 명로진 옮김

내기가 굉장히 힘든 법'이다.

준다고 다 받으면 안 된다. 나중에 탈이 난다. 애인이든 남친이든 여친이든 마찬가지다. 준다고 넙죽넙죽 다 받는 짓은 노예나 하는 거다. 누군가 나를 좋아해서 주는 것도 무조건 받으면 안 된다. 거지 근성이다. 무조건적 증여에 대한 무조건적 수취는 무조건적 종속을 낳는다. 스무 살밖에 안 된 주디 애봇도 아는 사실이다.

소설가 장정일은 수필집《생각》에서 정체성에 대해 흥미로운 언급을 했다. 장 작가가 포장마차에서 친구와 조용히 소주를 마시는데 동네 깡패가 "안주도 안 시키는 것들이 드럽게 오래 있네……" 어쩌고 하면서 시비를 걸더란다. 장정일이 그 자를 똑바로 쳐다보면서 "이 씹새끼야, 너 깡패지?"라고 하자 깍두기 머리의 깡패는 "허, 나보고 깡패란다?" 하며 흠칫 놀란다. 소주병을 들어 치려는 깡패 앞에 머리를 들이밀며 "까 봐"했는데 깡패 친구들이 말리는 바람에 큰 사고는 나지 않았다. 깡패보고 깡패라고 하는데도 깡패는 자기가 깡패인줄 모른다. 독재자보고 독재자라 하는데도 독재자는 자신이 민주주의 화신인 줄 안다. 토착왜구보고 토착왜구라고 하는데 한국말을 할 줄 아는 왜구는 자기가 대단한 역사적 사명을 가진 인물인 줄 안다. 독재자는 독재자고 토착왜구는 토착왜구다.

노예는 노예고 꽃뱀은 꽃뱀이다.

정체성이란 뭔가? …… 스스로 깨닫기까지는 타인의 부름에 의해 규정되는 게 정체성이기도 하다.

장정일,《생각》

「표준국어대사전」에 의하면 노예는 "인간으로서 기본적인 권리나 자유를 빼앗겨 자기 의사나 행동을 주장하지 못하고 남에게 사역(使役)되는 사람. 인격의 존엄성마저 저버리면서까지 어떤 목적에 얽매인 사람"이다.

회사의 목적에 얽매여 있으면 회사 노예고 조직의 목적에 얽매여 있으면 조직 노예다. 가족의 목적에 얽매여 있으면 당신이 가장이라 해도 가족 노예다.

「네이버 오픈 사전」은 꽃뱀을 "부유한 남자를 유혹해서 사기를 치는 여자"로 정의한다. 「영어사전」에는 "gold-digger"로 나와 있는데 "미모를 이용하여 남자에게서 돈을 우려내려는 여자"라고 풀이되어 있다.

일반인이 부자를 유혹하면 꽃뱀이고 연예인이 그러면 꽃뱀 아닌가? 10만 원 받고 몸을 팔면 창녀고 1,000만 원 받고 몸을 팔면 창녀가 아닌가? 마찬가지다. 앞서 말한 여배우 L은 스스로의 정체성을 잘 모르는 듯 사건 이후에도 여기저기에 얼굴을 들이민다. 이제 장정일식으로 정확히 말해주겠다.

"너, 꽃뱀 맞아. 성실히 연기하며 살아가는 배우들 얼굴에 먹칠 좀 그만하고 이제 조용히 지냈으면 좋겠다."

"사귀던 기간 동안 쓴 돈을 되돌려 달라", "안 그러면 동영상을 퍼뜨린다", "나는 손해 볼 것 없다" 어쩌고 하는 자. 그 여배우와 사귀었다는 사업가는 그럼 뭘까? 그 새끼 양아치에 협박범이지, 뭐긴 뭐야(《키다리 아저씨》의 남자 주인공은 스미스 씨다. 쩝).

노동에 대한 그들의 생각

　　　　　　　　　　시장에서 회전율을 압박당하며
돈을 실어 나르는 일을 강요받고 있는 건 사람이나 기계나 마찬가지
다. 이들의 고유한 기능과 잠재성이 무엇이건 상관없이 기업과 투자
자들은 돈을 빨리 받는 일을 우선시한다. …… 다들 밥벌이에 힘들다
고 한다. 다른 데 집중할 여유가 없는 것도 당연하다. 우리들의 노동
은 고될 뿐 아니라 제값을 받지 못하고 있다. 내 밥벌이에 주어져야
할 정당한 대가를 건물주나 금융회사에 뺏기고 있으니 노동이 좀처
럼 삶의 희망이 되지 못한다.

　　　　　　　　　　　　　　　　　　　　임태훈 외, 《기계비평들》

위 인용문에는 "우리들의 노동이 고되다", "내게 주어져야 할 정당한 대가를 건물주나 금융회사에 뺏기고 있다"는 말이 있다. "회전율에 대한 압박"도 있다. 이걸 정리하면 다음과 같다.

1. 매달 카드와 아파트 대출금을 갚고 나면 남는 게 없다.
2. 지갑이 얇으니 노동은 고되다.
3. 우리의 노동 대가는 대개 카드회사로 상징되는 금융회사로 간다.
4. 월급날이 다가오니 힘내서 일한다.
5. 월급날에 대출금이 빠져나가고 나면 남는 게 없다.

우리의 통장은 그저 정류장일 뿐이다. 임금은 그저 우리를 스쳐 지나간다. 월급 중독자의 일상은 주로 월말에 설정되어 있는 카드 및 각종 대출금 인출 일자를 중심으로 돌아간다. 프리랜서인 나도 마찬가지다. 한 달에 10여 개의 대출금이 빠져나가기에 내 통장은 버스 정류장이 아니라 빛의 속도로 지나는 우주 정거장과도 같다.

누군가는 말하리라. "왜 대출을 받느냐"고. 이 질문은 자본주의 사회의 본질을 왜곡할 뿐이다. 금융은 곧 대출이며 수신이자 여신이다. 대출이 없으면 자본주의도 없다. 대출받지 않는 삶을 살아야 한다고 주장한다면 주식도 발행하지 않는 사회를 꿈꾸어야 한다. 자본주의 사회에서는 자기 자본만 갖고 회사를 운영할 수 없기 때문이다.

정말 노동은 고될까? 이 책에서 일관되게 주장하고 있는 명제는 '노동은 고되다'를 넘어서서 '노동은 치욕이다'다. 왜? 나를 위한 노동이 아니라 타인을 위한 노동이기 때문이다. 그 타인은 회사의 사장, 자본가, 금융회사 이사들, 건물주 등이다. 이들은 자기를 위한 노동을 하기에 하루에 세 시간만 자면서도 일할 수 있다. 그러나 세상의 99.99퍼센트를 차지하는 노동자 혹은 회사원은 남을 위한 노동을 하기에 하루 세 시간을 일해도 피곤한 법이다. 2016년 〈중앙일보〉에 흥미로운 기사가 나왔다.

40대 이상은 주 3일 근무가 적합하다는 연구 결과가 나왔다고 영국 BBC 방송이 보도했다. 호주 멜버른대학 경제사회연구소가 자국 내 40대 이상 남성 3,000명과 여성 3,500명을 대상으로 근무시간에 따른 두뇌 활동을 분석한 결과다. …… 이들을 근무시간에 따라 그룹으로 나눠 ▶큰 소리로 단어 읽기 ▶숫자 거꾸로 암송하기 ▶제한된 시간 안에 글자·숫자 조합하기 등을 시켰다. 그 결과 일주일간 약 25시간 일하고 있는 그룹에서 가장 높은 점수가 나왔다. 일주일에 약 35시간 일하는 그룹부터 점수가 떨어지더니, 40시간 이상 일하는 그룹에선 인지 능력이 두드러지게 낮게 나타났다. 또 연구소는 일주일간 약 60시간 일하는 그룹의 인지 능력은 아예 아무 일도 하지 않는 그룹보다 낮다는 점을 확인했다.

연구소의 콜린 맥켄지 교수는 "적당히 일하는 건 두뇌 활동에 적절한 자극을 준다"면서 "하지만 지나치게 장시간 일할 경우 두뇌 활동이 제대로 작동하지 않는 걸 넘어 악영향을 주기도 한다"고 말했다.

<중앙일보>, 2016.4.19.

40대 이상은 일주일에 25시간 일하는 게 가장 효율이 높다는 거다. 하루 8시간씩 일하면 3일 하고 한 시간 정도다. 이게 맞다. 월화수 일하고 목금은 쉬고 토일은 가족과 함께. 아마 이게 인간의 리듬에 적확한 노동 시간이리라. 주 5일 근무에 맞춘다면 하루에 5시간 정도 일하는 게 집중력에 가장 알맞은 시간이라는 계산이 나온다. 저자로서 나는 하루에 3시간 정도 글을 쓴다. 그 이상은 쓸 수도 없고 쓰지도 않는다. 최대한 집중하면 5시간 정도는 일할 수 있다. 그러나 4시간 정도가 가장 적당하다. 개인적 의견으로는 하루에 4시간 이상 무엇엔가 집중하는 건 무리다. 회사의 근무 시간이 8시간이라곤 하지만 점심시간과 휴식, 잡담 등을 빼면 누구라도 5시간 이상 집중해서 일하지 못한다.

20대는 다르다. 8시에 출근해서 밤 10시까지 일해도 된다. 하지만 이런 식으로 일한 아이들은 중년이 되면 간경화로 간다. 여자라면 마흔에 이미 할머니처럼 피부고 장기고 다 망가진다.

세상의 사장들은 "젊어서 고생은 사서도 한다"면서 당신의 미래를 절도한다.

명심하라. 당신 몸은 그 누구도 지켜주지 않는다는 것을. 사장이 당신의 건강을 망가뜨리고 있다는 것을.

중국에는 '996룰'이란 게 있다. 오전 9시부터 오후 9시까지 주 6일 근무한다는 말로 중국의 노동 현실을 자조하는 말이다. 2019년 4월, 중국 알리바바의 마윈(馬雲) 회장은 회사 행사에 참석해 "만약 당신이 젊었을 때 996을 하지 않으면 언제 하겠느냐"며 "하루에 편안하게 8시간만 일하려는 이들은 필요 없다"고 말했다. 이게 세계 최고 기업가의 마인드다. 2018년 블룸버그 추산 50조 원의 자산가이며 유엔무역개발회의 청년창업 중소기업 특별고문이자 중국기업가클럽 회장, UN 글로벌 교육재정위원회 위원이신 마윈 선생이 뱉은 멘트다.

마윈 따위가! 중국 노동자들을 죽이고 있는 것이다. 젊었을 때 996을 하면 일찍 죽는다. 이 사실은 이미 중국 노동자들이 절감하고 있다.

그들은 '996 중환자실'이라는 신조어까지 만들었다. 그렇게 과로하며 일하다간 중환자실에 간다는 거다.

한 중국 기업의 CEO는 "시간외 근무가 많아 가정생활이 소홀하다"는 직원의 호소에 천연덕스럽게 "이혼하면 된다"고 말했다. 뭐 영국이나 미국이라고 크게 다르진 않다. 대한민국은 더하면 더했지 덜하지 않다. 자본가들의 머리엔 오직 자본밖에 없다. 그 이외의 것은 아내든 가정이든 생명이든 관심 자체가 없다. 이렇게 '돈돈돈'하다가 어느 날 심근경색으로 가는 게 자본가들의 정직한 말로다.

나는 1991년부터 1994년까지 직장생활을 했다. 근무 환경은 열악했다. 9시 출근 7시 퇴근에 주 6일 근무. 9일에 한 번은 오후 11시까지 근무. 국가지정 공휴일도 근무했고 일요일에도 근무했다. 주중 딱 하루(월요일이 휴일이었다) 쉬고 휴가는 여름 5일, 겨울 3일이 전부였다. 그때의 선후배 동료를 지금도 만나고 있고 고마운 사람도 많다. 하지만 이때만 생각하면 속에서 열불이 난다.

생각해보라. 주 6일 근무를 하고 나면 휴일 하루는 푹 쉬어야 한다. 그러나 총각 시절이니 연애도 해야 하고 취미생활도 해야 했다. 둘 다 잘하기엔 사치였고 하나도 제대로 하지 못했다. 일단 시간이 모자랐다. 퇴근 후에 시간을 쪼개어 연인을 만나고 나면 이게 과로로 이어지곤 했다. 주말에 보지 못한다고 떠난 여친도 두엇 된다. 이게 다 회사 때문이다.

지금 돌이켜 보면 참 무지막지한 회사였고 참 무던한 회사원들이었다. 그때 회사엔 노조가 없었다. 노조가 있었다면 노동착취는 덜 했을 거다. 사원들이 뭉쳐 있지 않으니 위에서 시키면 시키는 대로 일해야 했다. 불안정 협심증에 시달리고 있는 현재의 내 건강 상태는 그때부터 조짐을 쌓아온 것이 틀림없다.

근무도 근무지만 회식이 문제였다. 주 6일 중 주 2~3일은 회식을 했다. 회식은 대체로 오후 11~12시까지 이어졌으며 1인당 소주 두 병 이상을 마셨다. 어느 날 사장이 오후 4시쯤 연락해서 "오늘 이 부서 회식 좀 하지"라고 하는 바람에 모두 퇴근 후 불려 가야만 했다. 그런데 나는 이날 중요한 약속이 있었다. 미팅에서 만난 멋진 여성과 애프터를 하기로 했는데 회식 때문에 가지 못했다. 삐삐도 휴대전화도 없던 시절이라 난 그녀를 고스란히 바람맞히고 말았다. 모두 사장 때문이다. 사장의 "오늘 회식 하지" 한마디에 내 총각 시절의 행복 아이템 하나는 날아가 버리고 말았다.

여기까지 쓰다 보니 또 생각나는 사장이 하나 있다. 2010년쯤 수십 명의 사원을 거느린 IT 회사 사장이 있었다. 몇 년 동안 꽤 잘 나가다가 망했는데 망하기 전 6개월 동안 사원들 월급을 못 줬다. 그 회사에 다닌 내 후배는 아직도 "그래도 사장이 사람은 참 좋았다"고 말한다. 이런 바보! 월급 못 주는 사장은 사람도 아니다. 개다. 노동청에 신고하고도 아직 그때의 월급 2천여만 원을 못 받고 있는 후배는 아직도 "사람은 참 좋은 사장"한테 속아 살고 있다.

사장의 기만은 영원하다.

나도 든든한 빽 하나 있었으면

"어떤 사람들은 자신이 3루에서 태어났으면서 3루타를 친 줄 알고 살아간다."

미국 텍사스 댈러스 카우보이 미식축구팀 감독으로 1995년 팀을 슈퍼볼 우승으로 이끈 전설적 감독, 베리 스위처가 한 말이다. 우리 주변에는 이런 인간들이 많다. 나는 부자라고 무조건 비난하거나 사장이라고 무조건 욕하지 않는다. 자수성가한 사람들을 존중한다. 티끌 모아 태산을 만든 자산가들이 내 주변에 꽤 있다. 이들은 주로 청소년기에 집안이 몰락하거나 어떤 계기로 자기 집이 얼마나 가난한지를 깨닫는다. 빚뿐인 가정을 살리기 위해 이 악물고 돈을 모아 수십 억 재산을 만든 사람들이다. 이런

156

사람들은 존경받을 만하다.

부모덕에 잘살게 된 사람들은? 존경하지도 존중하지도 않는다. 그 운명이 부러울 뿐이다. 재벌 2, 3세를 보면서 '나도 든든한 빽 하나 있었으면' 하는 마음이 불끈불끈 솟구치는 젊은이가 어디 한둘이겠는가?

그럼 도대체 나는 이 책을 왜 쓰는가?

이 사회의 가진 자들에게 이렇게 말하고 싶어서다.

"적당히들 하시오, 적당히들!"

영화 〈광해〉에서 광해군 역할을 맡은 이병헌이 한 대사다. 신하들이 "명 황실 앞으로 은자 30냥을 보내자", "이런저런 예물을 보내자", "2만의 군사들을 파견하자"라고 하자 광해는 "도대체 이 나라가 누구의 나라요!" 하면서 외친다. 이때도 신하들-있는 자들-은 백성 2만 명을 사지로 내몰자면서도 눈 하나 깜짝하지 않는다. 제 새끼들 가는 게 아니기 때문이다.

예나 지금이나 있는 자의 재산을 지키기 위해 없는 자의 자식들이 군대를 간다. 2015년을 전후해 KBS가 조사한 바에 따르면 삼성가의 군 면제 비율은 73퍼센트, 재벌가 평균은 33퍼센트, 일반인의 군 면제 비율은 6퍼센트다. 병장 제대한 나를 비롯해 사병으로 군대를 다녀온 여러분은 결국 재벌 가문의 재산을 지키기 위해 뺑이를 쳤던 거다. 아니라고 말할 자, 그 누구인가!

시스템 자체가 잘못되어 있다. 백 명 중 한두 명이, 죽을 둥 살 둥 노력해야만 부자가 된다. 미국 〈블룸버그〉지에 따르면 세계 400대 부호 중 자수성가형 비율은 다음과 같다. 미국 71퍼센트, 중국 97퍼센트, 일본 100퍼센트 …… 한국은 '제로(〈조선비즈〉 2016. 1.4.).' 〈포브스 코리아〉 자료에 의하면 우리나라 100대 부자 중 71명은 상속받은 이들이다(〈조인스〉 2015.1.9.). 1퍼센트는 풍족해서 모든 것이 남아돌고 99퍼센트는 근근이 살아가는 구조, 이건 아니다. 이런 구조 하에서 들려오는 목소리는 다음과 같다.

"네가 노력을 안 해서 가난한 거다."
"네가 부동산을 몰라서 가난한 거다."
"네가 나처럼 피똥을 싸가며 노력을 안 해서 가난한 거다."

구조적인 문제를 개인의 문제로 환원하는 이런 구호가 만연한 사회에서 이익을 챙기는 쪽은 언제나 가진 자들이다. 나는 이렇게 생각한다. 사회 전체 부의 총량이 100이라면 이 100을 만드는 데 자본가와 노동자는 50대 50의 기여를 했다고. 여기서 '자본가'는 '재벌-관료-정치인-건물주-금수저'를 아우르는 상징이고 '노동자'는 '회사원-월급쟁이-하급 공무원-일용 노동자-흙수저'를 포함하는 어휘다. 현대 자본주의 사회는 분배 측면에서 50대 50이 아닌 90대 10 또는 그 이상으로 기울어져 있다. 가난한 사람들이 게을러서 가난한 게 아니다. 고 노회찬 국회의원은 2012년 진보정의당 대표 수락 연설에서 이렇게 말했다.

"6411번 버스라고 있습니다. 서울 구로구 가로수 공원에서 출발해서 강남을 거쳐서 개포동 주공 2단지까지 대략 두 시간 정도 걸리는 노선버스입니다. …… 이 버스에 타시는 분들은 새벽 3시에 일어나서 새벽 5시 반이면 직장인 강남의 빌딩에 출근해야 하는 분들입니다. 지하철이 다니지 않는 시각이기 때문에 매일 이 버스를 이용하고 있습니다. 한 분이 어쩌다 결근을 하면 누가 어디서 안 탔는지 모두가 다 알고 있습니다. …… 아들딸과 같은 수많은 직장인들이 이 빌딩을 드나들지만 새벽 5시 반에 출근하는 아줌마들에 의해서 청소되고 정비되는 것을 아는 사람들은 없습니다. 이분들은 태어날 때부터 이름이 있었지만 그 이름으로 불리지 않습니다. 그냥 아주머니입니다. 그냥 청소하는 미화원일 뿐입니다. 한 달에 85만 원 받는 이분들이야말로 투명인간입니다. 존재하되 그 존재를 우리가 느끼지 못하고 함께 살아가는 분들입니다."

몇 년 전 필리핀의 시골 마을에 갔을 때, 오전 6시부터 출근하는 사람들로 미니버스나 툭툭이가 만원인 것을 보고 깜짝 놀랐다. 에콰도르의 수도 키토에서는 극빈자인 원주민들이 새벽부터 부지런을 떨며 돈 몇 푼을 벌기 위해 애쓰는 모습을 목격했다. 아프리카, 중동, 유럽에서도 마찬가지다.

세상의 가난은 개인의 태만 탓이 아니다. 부자들이 만들어 놓은 공고한 거미줄 때문이다. 그러나 세상의 부는 부자들뿐 아니라, 가난하게 살면서 부자들이 전날 과음해서 쏟아놓은 화장실의 토사물을 닦아내는 수많은 아줌마 아저씨 덕에 유지된다. 노동자로 대변되는 99퍼센트의 투명인간은 받을 것을 받아야 한다. 받지 않아야 하는 것, 받을 수 없는 것을 달라는 것이 아니다.

20세기까지 미국 경제의 상당 부분은 흑인 노예의 무상 노동이 담당했다. 미국이 세계 최강국이 되기까지 흑인들은 헌신했다. 1960년대까지도 차별을 버티며 최저 임금에도 못 미치는 돈을 받고 미국 사회 곳곳에서 일했던 그들이 있었기에 미국은 세계 최강국의 풍요를 누리고 있었다. 흑인들은 근로를 제공하고 세금 낼 거 다 내면서도 정당한 대우를 받지 못했다. 백인 부자들은 그 시스템을 사랑했다. 흑인에게 100원 줄 거 30원 주면서 나머지로 자기들 배를 채웠다. 요트를 사고 골프를 치고 우아하게 와인을 홀짝이면서 미국 정치와 미래 경제를 걱정했다. 흑인은 열심히 일해도 여전히 가난했고, 백인은 게을러도 여전히 부자였다. 마틴 루터 킹 목사는 1963년 8월 28일 워싱턴 DC 링컨 기념관 앞에서 다음과 같이 연설했다.

백 년이 지난 지금 흑인들은 아직도 자유롭지 못하며, 흑인들의 삶은 여전히 인종주의의 수갑에 묶여 있고, 차별 정책에 매여 있습니다. 거대한 물질적 풍요의 대양 한가운데 있는 외로운 가난의 섬에서 살고 있습니다. …… 그러므로 우리는 오늘 이 수치스러운 현실을 변화시키기 위하여 이 자리에 모였으며, 어떤 의미에서는 국가가 우리에게 보증한 수표를 현금으로 바꾸기 위해 왔습니다. 우리 국가의 개척자들이 장엄한 말로 독립선언문을 썼을 때, 그들은 모든 미국인들이 유산으로 물려받을 약속어음을 노래하였던 것입니다. …… 그런데 유색인종에 관한 한 미국이 이 약속어음을 갚지 않고 있다는 것은 부인할 수 없는 오늘의 현실입니다. 미국은 흑인에게 부도수표를 건네주고 있는데, 그 뒤에는 '불충분한 돈'이라고 씌어 있습니다.

마틴 루터 킹,《나에게는 꿈이 있습니다》

21세기 한국에서 6411번 버스를 타는 모든 이들은 부도수표를 받으며 살고 있다. 충분한 돈을 받을 수 있음에도 불충분한 돈으로 연명하고 있다. 6411번 버스가 아니라 자가용을 모는 사람들에게도 부도수표는 발행되고 있다. 대한민국이라는 국가는 이 사회의 비정규직, 일용직, 서민, 중산층 등 99.9퍼센트의 국민에게 약속어음을 발행하면서 0.1퍼센트의 특권층에게는 현금으로 결제하고 있다.

약속어음을 받은 99.9퍼센트의 국민 중 결제일에 현찰을 손에 쥐는 사람은 거의 없다. 받을 것을 받지 못하기 때문이다. 왜? 현재 한국의 0.1퍼센트를 이루는 재벌과 그들의 밑을 닦아주는 정치인, 언론인들이 이 시스템을 사랑하기 때문이다. 극소수를 위한 이 구조를 근본부터 바꾸지 않으면 대한민국의 미래는 없다.

그래서 어쩌라고?

　　　　　나는 우리나라의 불평등 개선에 대해 꼼꼼한 분석이나 학자적인 선구안을 제시할 의도가 없다. 그럴 능력도 없다. 직관적 처방을 주장할 뿐이다. 그 역시 공부와 경험이 모자라 역부족이다. 정밀한 의견과 원대한 기획은 수많은 경제·경영학 박사들에게 맡기겠다.

　"도대체 당신이 떠드는 우리 사회의 불평등이 근거가 있기나 한 것이냐?"라는 물음에는 기존의 자료를 참고하라는 말밖에 할 수 없다.

　불평등 문제는 소득과 자산의 집중도로 따진다. 먼저 소득을 보자.

외환위기 이후 소득불평등이 지속적으로 증가하였다. 20세 이상 인구 가운데 최상위 10퍼센트 소득집단의 소득비중은 1999년 32.9퍼센트에서 2015년 48.5퍼센트로 늘었다. 2010년대 최상위 10퍼센트 소득비중은 미국 50.5퍼센트, 일본 41.6퍼센트, 영국 39.1퍼센트, 프랑스 30.5퍼센트, 스웨덴 30.7퍼센트로, 한국의 개인소득 불평등도가 미국 다음으로 높은 수준이다. 한국과 영미권 국가들에서 소득불평등이 다 같이 증가하였지만 양상은 다르다. 영미권 나라에서는 최상위 1퍼센트 소득집단의 소득이 다른 집단에 비해 급격히 증가하면서 소득불평등이 증가한 반면, 한국에서는 하위 소득집단의 소득이 정체되면서 소득불평등이 증가하였다.

월간 <노동리뷰>, 홍민기, 2017. 5.

홍민기에 따르면 우리나라의 1천만 원 이하 소득자가 전체 소득자(약 2,664만 명)의 38.4퍼센트고 2천만 원 이하 소득자는 59.5퍼센트다. 따라서 2015년 전체 소득자의 73.7퍼센트는 3천만 원 이하를 벌었다.

다음으로, 자산 격차는 어떨까? 2018년 통계청이 내놓은 '가계 금융 복지' 자료에 의하면 우리나라 총자산의 42.3퍼센트를 상위 10퍼센트가 차지하고 있다. 전 국민의 반인 50퍼센트는 10.1퍼센트의 자산을 나눠 갖고 있다.

피부로 느끼는 체감 지수는 이보다 더 심각하다. 조사방법에 따라 저 수치는 달라진다. 최상위 계층에 대한 자산이 과소평가되었고 중산층의 자산은 과대평가되었다는 주장도 있다. 우리는 스스로가 사회의 어떤 계층인지 정확히 모른다. 더구나 평균 값이라는 것은 그야말로 총합을 무지막지하게 더한 것이어서 내 수입이 적더라도 1인당 국민소득은 높게 나올 수 있다. 쉽게 말해, 재산이 3억인 100명의 월급쟁이가 모여 있으면 이들의 평균 재산은 3억 원이다. 이 방에 자산 10조를 보유한 이건희 씨가 들어오면? 101명의 평균 재산은 990억 3천9백만 원으로 껑충 뛴다. '가장 가난한 사람 재산이 1억이고 가장 부자의 재산이 10억 정도라면 괜찮은 거 아닌가?' 하는 생각도 들게 된다.

고대 그리스 아테네 사회는 1년간 생산할 수 있는 곡물의 양에 따라 시민의 재산 등급을 4단계로 나누었다. 솔론이 법률을 제정하기 위해 분류한 것에 따르면 가장 부유한 1계급은 한 해에 약 500메딤노스(1메딤노스=약 0.5톤) 정도의 곡물을 생산하는 자이며 가장 가난한 제 3계급은 한 해 200메딤노스 이하였다. 생산량이 없는 자들은 '테테스'라고 해서 따로 분류했다. 플라톤(B.C. 427~347)은 그의 책 《법률》에서 "어떤 시민도 가장 가난한 시민 재산의 5배를 넘게 가져선 안 된다"라고 주장했다.

자료를 종합해보면 고대 그리스의 빈부 격차는 2.5배~ 5배 정도였다. 우리나라의 빈부격차는 어떨까? 동국대 경제학과 김낙년 교수의 조사 「한국의 부의 불평등, 2000-2013: 상속세 자료에 의한 접근」을 보면 2010년에서 2013년 사이 상위 1퍼센트의 자산이 전체 자산에서 차지하는 비중은 평균 25.9퍼센트였다. 상위 10퍼센트는 66.0퍼센트, 상위 50퍼센트가 98.3퍼센트의 자산을 갖고 있었다. 따라서 하위 50퍼센트의 인구가 총 자산의 1.7퍼센트를 나눠 갖고 있는 셈이다. 문제는 이런 격차가 점점 벌어지고 있다는 것이다. 2000년에서 2013년 사이 상위 1퍼센트의 자산이 평균 9억 6천만 원 늘어날 때 중간층(상위 50퍼센트 해당층)의 자산은 6천만 원 증가할 뿐이었다.

지리한 논문 인용은 이쯤 하자. 이렇게 생각하면 된다. 우리나라에 100개의 파이가 있고 인구가 100명이다. 제일 잘사는 한 명이 파이 25개를 혼자 먹는다. 2등부터 50등까지는 파이 75개를 나눠 먹는다. 한 사람당 한 개 반씩을 먹는 셈이다. 그리고……자산 평균 이하의 50명이 남은 1.7개의 파이를 나눠 먹고 있다. 30명이 파이 하나에 매달려 있다. 정말 끔찍하지 않은가?

우리 사회의 불평등은 복잡한 수치가 아니어도 누구나 느낀다. 2016년 후반기에 촛불혁명이 일어난 이유는 단지 최순실-정유라 게이트 때문이 아니다. 박근혜 전 대통령의 무능력 때문만도 아니다. 아리스토텔레스는《정치학》에서 "가난은 혁명과 범죄를 낳는다"고 했다. 파이 한 쪽을 나눠 먹어야 하는 반 이상의 시민이 점점 더 심화되는 불평등을 참을 수 없어 들고 일어난 것뿐이다. 다만 대한민국 국민은 범죄 대신 혁명을 택했다. 그것도 '비

폭력-평화혁명'이라는 세계사에 유례가 없는 아름다운 혁명을
이루어냈다.

한국 현대사를 만들어낸 우리는 현대사에서 다시 배웠다. 우
리가 어떤 정치적 선택을 하느냐에 따라 불평등이 개선될 수 있
다는 것을.

우리의 모델은 미국이 아니다. 미국은 불평등하기로 악명 높
은 국가다. 다시 머리 아픈 수치를 들먹이기보다는 내 친구 K 이
야기로 대신하겠다. K는 한국에서 명문대를 나오고 미국으로 유
학을 갔다. 사정이 여의치 않아 공부는 그만두고 5년 정도 머물
게 됐다. 대형마트에서 일을 했는데 시간당 7.5달러를 받고 일했
다. 1년 동안 열심히 일했더니 매니저가 와서 그러더란다.

"헤이, 미스터 킴! 당신 월급을 다음 달부터 5달러 올려주겠어.
열심히 하니까 결과도 좋잖아. 그렇지?"

이런 마름 같은 새끼가……. K는 그 말을 듣고 웃었을까? 울었
을까? 농담도 풍자도 아니다. K에게 들은 이야기를 그대로 옮긴
거다. 이때가 2017년이다. 당시 세계 최강국 미국은 주마다 다
르긴 하지만 시간당 7.5달러가 최저시급이었다. 미국도 지금껏
시간당 8~9천 원을 받는 거대한 노예계층 덕에 지탱되어 왔다.
2016년, 백인 중산-저소득층으로 대변되는 의식 없는 유권자들
이 트럼프를 대통령으로 뽑으면서(내 생각이다) 미국은 더 희망
없는 나라로 전락했다. 이 상황 역시 경제적 분석이 아닌, 문학적
해석으로 접근해보자.

정여울 작가는 2019년 4월, 강남역 토즈에서 열린 특강 〈힘이 되는 글쓰기〉에서 이렇게 말했다.

"트럼프 같은 사람이 세계적 리더인 지금, 세계가 불안해진다. 내가 보기에 트럼프에게는 미국보다 자신의 에고가 더 중요하다. 그에게선 에고의 팽창이 아니라 에고의 폭발이 느껴진다. 트럼프주의가 뭘까? '돈이 최우선이고 나를 위주로 한 집단이 최우선이며 나머지는 모두 하찮다'다. 그는 공감 능력이 현저히 떨어지는 인물이고 난민이나 국경을 넘는 멕시코인 등에 대해서 반감을 갖고 있다. 이들이 사회의 주된 문제인 양 불안을 조성하며 이 모든 일을 나서서 한다. 한마디로 그에게선 희망이 없다."

100퍼센트 옳은 말이다. 트럼프가 아니더라도 미국은 우리의 미래상이 되어선 안 된다. 북유럽으로 눈을 돌리자. 나는 2000년대 초에 핀란드에서 몇 주간 머물렀다. 헬싱키에서 내가 놀랐던 것은 웬만한 점포의 영업시간이 오전 10시에서 오후 4시 30분까지라는 사실이었다. 하루 6시간 반만 일하고도 그들은 잘 먹고 잘살았다. 남는 시간에는 뭘 하는가? 성인용품점을 운영하는(내가 간 건 아니다……) 프레데릭 씨는 가게 문을 닫고 실내 하키장에 가서 운동을 했다. 운동이 끝나면 친구들과 맥주를 한잔 하거나 귀가해서 저녁을 먹고 가족과 시간을 보냈다.

2015년에 방문했던 덴마크는 더 인상적이었다. 이 나라 국민은 소득의 50퍼센트 내외를 세금으로 내고 있다. 인구 30만의 도시 오르후스에서 만난 도서관 사서 마리 씨(58세)에게 물었다.

– 세금을 그렇게 많이 내면 억울하지 않나?

"억울하지 않다."

– 왜 그런가?

"우리 아들 헨리크는 대학에 다니고 있다. 지금까지 나는 이 아이를 키우면서 학비 걱정을 한 적이 없다. 헨리크가 아파도 걱정하지 않는다. 의료 시스템이 있기 때문이다. 나는 아이들을 키우면서 적어도 돈이 없어서 교육을 못 받거나 병원 치료를 받지 못한 적이 없다."

– 부럽다.

"우리는 도서관, 체육관 등 돈 한 푼 들이지 않고 공공시설을 이용한다. 소외받는 사람이 없도록 시 전체가 애쓰고 돌본다. 이 모든 것이 내가 낸 세금으로 운영된다. 그래서 만족한다."

– 정부나 시에서 투명하게 세금을 운용한다고 자신하는가?

"정부를 믿는다. 부정부패는 우리나라에서 절대 용납되지 않는다."

– 어떻게 이런 일이 가능했나?

"우리는 19세기 중반에 스웨덴, 독일 등에 밀려 삼류국으로 전락할 뻔했다. 이때 그룬투비를 중심으로 '밖에서 잃은 것을 안에서 찾자'는 운동이 벌어졌다. 지도자나 왕이 주도한 게 아니라 아래에서 위로 향하는 흐름이 있었다. 달가스(Enriko Mylius Dalgas)는 황무지 개간 캠페인을 벌여 국토를 비옥하게 만들었고 농민은 협동조합을 만들어 농촌 공동체를 회복해갔다. 이때 우리는 '소수가 잘사는 사회를 만들 것인가, 모두가 행복한 사회를 만들 것인가'라는 물음을 던졌고 후자를 택했다."

'가난 구제는 나라님도 못한다'는 말이 있다. 맞는 말이다. 가난 구제는 나라님이 하는 게 아니다. 백성이 하는 거다. 불평등과 불공정을 혁파하고 보다 나은 사회, 더 많은 사람이 행복한 나라로 가는 길-그 진보의 도정(道程)은 대통령이 아니라 나와 당신이 어떤 선택을 하느냐에 달려 있다.

미국을 뒤흔드는 AOC 신드롬

미국에 희망은 없는가?

있다. 세계 최강국이자 최부국인 미국이 극도의 불평등 속에, 허울뿐인 민주주의를 지속하고 있는 가운데 희망의 불꽃을 피우는 사람이 있다.

미국 역사상 최연소 여성 국회의원이 된 알렉산드라 오카시오 코르테스(Alexandra Ocasio Cortez)다. 그녀의 이름 약자를 따서 'AOC'라 부르기도 한다. 1989년생인 코르테스는 2018년 중간 선거를 위한 민주당 내부 경선에서 10선 의원 존 크롤리를 꺾고 파란을 일으켰다. 그해 11월 뉴욕 제14 지역구 하원의원 선거에서는 공화당의 안토니 파파스를 78퍼센트의 득표율로 이기고 의정 생활을 시작했다. 그녀는 의원 활동을 시작하자마자 혁신적인 정책을 잇달아 내놓으면서 가히 AOC 신드롬이라 불릴 만한 주목을 받고 있다.

"나는 아직도 대학 때 받은 학자금 융자를 갚고 있다."

만 29세에 의원이 된 코르테스의 고백이다. 이놈의 학자금 융자는 한국이나 대학이나 젊은이들을 잡는다. 코르테스 의원은 이 때문에 무상교육을 주장한다. 등록금 없는 대학을 만들자는 것이다.

반값 등록금? 무상 대학교육!

개혁을 하려면 이렇게 혁명적으로 해야 한다. 2019년 5월 각종 동영상 사이트에는 미국 조지아주 애틀랜타 모어하우스대학에서 열린 졸업식에서 사모펀드 비스타 에쿼티 파트너스 최고경영자인 로버트 F. 스미스(Robert F. Smith)가 한 깜짝 연설이 화제가 됐다.

"이 나라에서 8대째 이어온 우리 가문을 대표해 저는 여러분의 미래를 위해 약간의 연료를 보태려 합니다. 여러분의 학자금 대출을 갚아 주기 위해 기금을 모으고 있습니다."

순간, 연단의 교수들은 깜짝 놀랐고 졸업생은 모두 기립해 박수를 쳤다. 모어하우스는 마틴 루터 킹 등 흑인 명사를 다수 배출한 명문대학이다. 억만장자 스미스는 "지금은 내가 여러분에게

선행을 베풀었지만 여러분이 졸업하고 나면 사회에 이 빚을 갚아 나가리라 믿는다"고 말했다. 이 대학 2019년 졸업생 377명의 학자금 융자는 총 477억 원이었다. 이 돈을 모두 갚아 준다는 말이다. 돈을 쓰려면 똑 이렇게 쓰렸다.

모어하우스대학 졸업생들이 환호한 이유는 자명하다. 빚을 진 이에게 빚 탕감보다 더 좋은 뉴스는 없다. 사업을 하다 잘나가던 이도, 연예인이었다가 사업으로 망한 이도, 하루 벌어 하루 사는 서민도 빚 때문에 스스로 목숨을 끊는다. 자본주의 사회에서 돈은 피와 같다. 남의 피를 수혈한 채무자는 24시간 피가 마르는 고통에 시달린다. 수혈한 피 이상을 늘 출혈해야 살 수 있기 때문이다. 능력 이상의 대출은 그의 영혼을 파괴한다(완전 경험에서 우러나오는 고백이다).

운 좋게도 모어하우스대학 졸업생들은 사회생활을 빚 제로 상태에서 출발할 수 있게 됐다. 그러나 곧 그들은 알게 되리라. 자본주의 사회에서 학자금 융자는 거대한 대출 일상의 시작일 뿐이라는 것을. 이후의 빚은 스스로 책임져야 한다.

"대학을 졸업하고 주택 담보 대출을 갚기 위해 하루 18시간씩 웨이트리스로 일했다"는 알렉산드리아 오카시오 코르테스 의원은 명문 보스턴 대학에서 경제·국제관계학을 복수 전공했다. 그러나 졸업 후에 바로 일자리를 잡지 못해 식당에서 바텐더와 웨이트리스로 일했다. 코르테스 의원의 어머니는 청소일과 스쿨버스 운전을 하며 주택 담보 대출금을 갚고 있었는데 모친을 돕기 위해 코르테스도 돈을 벌어야 했다. 이후 그녀는 히스패닉 연구 재단 등에서 일하며 지역 공동체를 위한 사회 운동에 관심을 가 졌다. 2016년, 민주당 대선 후보인 버니 샌더스 캠프에 들어가 사회의식을 기른 그녀는 진보적인 정치 신인을 모집하는 '참신 한 국회 위원회'에 지원하여 정치 인생을 시작했다.

"모든 미국인에게 기본 소득과 의료보험을 제공하자."

코르테스의 주장이다. 그녀는 미국 민주사회주의자 연합 회 원이다. '민주주의+사회주의'의 조화를 꾀한다. 기본 소득과 무 상 교육, 의료보험에 들어가는 돈은 어떻게 마련하는가? 코르테 스는 미국에서 천만 달러(약 120억 원) 이상의 수입에 대해 70퍼 센트를 과세해야 한다는 법안을 의회에 제출했다. 천만 달러까 지는 기존 세율을 적용하고 이를 초과하는 수입에 대해 70퍼센 트를 세금으로 거둬들이자는 거다. 이럴 경우, 미국에서는 매년 700억 달러(약 83조 원)가 확보된다. 이를 코르테스 개혁안 실행 의 재원으로 삼자는 말이다.

"지금 대통령이 끔찍하긴 하지만, 트럼프는 훨씬 더 깊은 문제점들을 드러내는 '증상'일 뿐이다. 트럼프를 제거한다고 해서 그를 옹위하는 전체 집단의 기반을 허물지는 못한다. 트럼프를 지원하는 검은돈, 그의 세력을 부추기는 온라인의 (극우적) 급진화, 그가 다시 살려내고 강화한 인종주의 같은 것들 말이다. 우리가 국가다운 국가로서 치유되려면, 우리 모두가 이런 근본적 원인들에 제대로 대응하는 험한 길을 가야 한다. 결국 우리에게 달렸다." '러시아 게이트'를 수사해온 로버트 뮬러 특별검사팀이 3월 24일 "지난 미국 대선 당시 트럼프 캠프와 러시아가 공모한 증거가 없다"라고 결론짓자, 알렉산드리아 오카시오 코르테스 하원 의원(29)이 자신의 트위터에 이와 같이 심경을 토로했다.

<시사인>, 2019.4.10.

코르테스는 "자본주의 사회에서는 자본 창출을 사회의 그 어떤 것보다 중요하게 여긴다. 이래서는 제대로 살 수 없다. 이 사회에서는 돈이 한 곳으로 몰리고 이익을 극대화하는 것만이 가장 중요하다. 미국 사회의 모델은 지속 가능하지 않기에 바꾸어야 한다. 직장 민주주의 도입 등을 통해 노동자들이 부를 창조하는 사회로 만들어야 한다"고 주장한다.

그녀가 내놓은 정책은 '그린 뉴딜'이라 부른다. 2019년부터 경제적 개혁을 통해 10년 동안 온실 가스 배출량을 획기적으로 줄이자는 것이다. 온실 가스를 제로로 만들려면 인적, 물적 인프라가 필요하다. 이를 위해 공공자금을 써서 일자리를 창출하고 환경 문제도 해결하면 일석이조다.

코르테스의 '그린 뉴딜' 정책에는 신재생 에너지 100퍼센트 사용 및 화석 연료 사용 전면 금지도 포함된다. 이것이 다국적 정유 회사를 비롯한 거대 기업이 코르테스를 반기지 않는 이유다.

기업과 자본의 이익을 대변하는 트럼프는 당연히 코르테스를 싫어한다. 트럼프 대통령은 2019년 신년 연설에서 "사회주의 정책들이 미국을 베네수엘라로 만들 것"이라며 유권자들의 레드 콤플렉스를 자극했다. 마치 우리나라 수구세력들이 걸핏하면 "너 빨갱이지?" 하는 것과 비슷하다. 이에 대해 코르테스 의원은 경제전문지 〈비즈니스 인사이더〉 인터뷰에서 이렇게 맞받았다. "트럼프가 겁먹은 것 같다."

코르테스 의원은 "밀레니얼 세대(1982~2000년 사이에 태어난 개인주의적이고 SNS에 익숙한 신세대)는 민주사회주의를 무서워하지 않는다"라고 말했다. "우리에게 민주사회주의는 붉은 도깨비가 아니다. 현대 세계에서 성공적인 것으로 증명되었으며 이미 시스템과 국가로 존재한다." 그런 시스템 중 하나가 핀란드·캐나다·영국·한국 등에서 시행해 온 '단일 의료보험 체계(하나의 공공기관이 모든 병원 및 시민에게 일괄적으로 보험계약을 제공)'다.

<시사인>, 2019.4.10.

미국은 의료비가 비싸기로 악명이 높다. 감기 치료 한 번 받으러 가려면 집을 팔아야 할 정도다. 우리나라는 의료보험 체계 하나는 잘되어 있는 편이다.

나는 2019년 봄에 심장 이상으로 3박 4일 동안 종합병원에 입원했다. 의사 5명이 참여한 심장조형술을 비롯해 8가지 검사를 받고 수십 가지 약물 및 주사를 투여한 뒤 퇴원했다. 병원비는 108만 원이 나왔다. 미국이었으면 1억 원쯤 나왔을 거다.

그렇다고 여기서 미국 의료 시스템을 심도 있게 논하려는 건 아니다. 미국은 의료보험이 워낙 다양하고 의료 체계에 달라붙은 뱀파이어들이 너무도 많아서 역대 대통령 그 누구도 이 중환자에게 매스를 대지 못했다.

미국의 진보를 가로막는 3대 악은 의료 시스템, 총기협회, 그리고 부의 편중이 아닐까? 진정한 악의 축은 미국 바깥이 아니라 안에 있다. 그래도 이 악에 맞서 샌더스나 코르테스 같은 깨어 있는 진보주의자들이 애쓰는 모습을 보면서 희망을 버리지 않게 된다.

AOC-알렉산드라 오카시오 코르테스 의원의 개혁이 성공하길 바란다.

1 2 **3**

노예로 죽지는 말자

S T A R T

밀레니얼과 함께 일하는 법

박 대표의 회사는 직원들이 다 함께 참여하는 워크숍, 등산모임, 가족초청행사, 독서토론회 등을 열심히 운영해오고 있다. 박 대표 자신도 이 모든 행사에 참여하면서 직원들과 몸으로 부대끼는 것을 즐겁게 여겼다.

워크숍은 매년 2회 개최되는데, 회사의 연간 목표를 정하고 그 방법을 논의하는 행사 1회, 연간 실적을 평가하는 행사 1회씩 진행하고 있다. 업무에 지장을 주지 않기 위해 주말을 이용한다. 등산은 건강에도 도움이 되고 무엇보다 함께하면 서로 친밀해진다는 큰 장점이 있다. 처음에는 모임에 참여하기를 꺼리다가도 막상 정상에 오르면 다들 "정말 산에 오길 잘했다"고 말하곤 했다. …… 매월 셋째 월요일 오전 7시에는 독서토론회를 한다. …… 박 대표는 자신처럼 자상하고 직원들의 지적 호기심을 배려하는 멋진 CEO는 세상에 없을 것이라고 확신했다.

이은형,《밀레니얼과 함께 일하는 법》

국민대학교 경영학부 이은형 교수가 2019년에 쓴《밀레니얼과 함께 일하는 법》은 1980년대 초중반에서 2000년 사이에 태어난 신세대와 함께 일하려면 어떻게 해야 하는가에 대한 해답이다. 제대로 사장 노릇을 하려면 이런 책을 읽어야 한다. 안 그러면 저 위에 예로 든 박 사장처럼 꼰대가 되고 만다.

박 사장은 나름 자기가 괜찮은 CEO라고 확신하고 있었으나 직원들을 상대로 실시한 설문조사를 보고 경악하고 만다. 왜? 직원들의 80퍼센트가 워크숍, 등산모임, 독서토론회 등에 대해 '좋아하지 않는다'고 응답했기 때문이다. 어떻게 이런 일이 일어났는가? 익명으로 설문조사를 했기 때문이다. 등산 가서는 "역시 산에 오니 좋다"고 했던 직원들도 속마음은 '우리 사장은 역시 꼰대'였던 거다. 가족 초청 행사도 60퍼센트가 부정적이었다. '가족이 없다', '미혼이다'라는 이유였다. '회식을 줄여 달라'는 내용도 꽤 있었다.

이런 결과에 대한 박 대표의 반응이 더 웃겼다. 박 사장은 설문 조사를 보고 푸념한다.

"도대체 회사를 다니겠다는 건지 말겠다는 건지……."

밀레니얼 세대는 박 사장에게 묻는다.

"도대체 회사를 경영하겠다는 건지, 말겠다는 건지?"

이은형 교수는 밀레니엄 세대의 특징을 이렇게 정리한다.

1. 선택의 자유를 중요하게 여긴다. 이들에게 시키는 대로 하라는 지시는 고문과 같다.

나를 비롯한 꼰대 세대는 TV 시청조차 선택해서 보지 못했다. 한 동네에 몇 대 없던 텔레비전 앞에 정한 시간에 몰려들어 방송을 봤다. 선호도 문제가 아니었다. 선택의 여지가 없었다. 채널도 몇 개 없었고 하드웨어인 텔레비전 자체가 귀했다.

밀레니얼 세대는? 수백 수천의 프로그램 중에 하나를 골라서 자신만의 하드웨어인 스마트폰으로 본다. 이들은 어릴 때부터 선택의 자유를 누리며 살아왔다.

2. 공유 가치를 우선시한다.

환경 문제에 민감하고 부정부패, 소비자 기만, 이윤만을 추구하는 기업에 대한 반감이 강하다. 개인주의를 지향하지만 사회적 공동선에 대해서도 지지를 보낸다. 이들은 독립운동을 지원하고, 뛰어난 품질의 제품을 줄곧 생산했던 LG그룹에 호감을 갖고 이 회사 제품을 자발적으로 알려왔다. 플라스틱 병을 재활용해 친환경 의류를 만드는 파타고니아 사의 매출이 별다른 마케

팅 없이도 매년 15퍼센트 이상 성장하는 이유도 밀레니얼 세대
가 SNS를 통해 열심히 홍보했기 때문이다.

한마디로 밀레니얼 세대는 '좋은 세상'을 만들고 싶어 하며 공
동선에 기여하는 회사는 적극적으로 나서서 홍보해준다. 반대로
공동선에 반하는 회사에 대해서는 검찰이나 경찰이 손대기 전에
먼저 배척한다. 이들에게 걸리면 정말 '국물도 없다.' 밀레니얼
세대는 기성세대보다 더 많이 보고, 듣고, 배웠기에 더 똑똑하다.

3. 세상의 모든 관계를 동등하게 본다.

이제 한번 직장은 영원한 직장이 아니다. 회사와 직원은 동등
한 계약으로 묶인 관계라고 인식한다. '가족 같은 회사', '우리 회
사', '평생직장'이라는 개념이 희박하다. 팀장이든 사장이든 회장
아들이든 중요하지 않다. 인간 대 인간으로 대할 뿐이다. 배를 곯
아가며 공부했던 중년 세대와는 다르다. 밀레니얼 세대는 나름
풍족하게 자랐다. 한 직장의 상사에게 충성하며 입신양명하겠다
는 생각 따위는 하지 않는다.

일을 위해 개인 생활을 희생한다? 있을 수 없는 일이다. 그들
은 일과 생활의 균형을 중요하게 생각하며 회사의 발전보다 개
인적 여행이나 취미를 더 소중하게 여긴다. 회사를 다니는 이유
는 월급 타서 자기 취미생활을 계속하기 위해서다. 당연한 얘기
다. 이걸 당연하다고 생각하지 못한다면 당신도 꼰대다.

밀레니얼 세대를 정확히 알지 못하면 사업도 경영도 실패하게 된다. 주인의식을 가지고 일하라고? 회사의 주인은 사장인데 왜 사원이 주인의식을 가져야 하나? 주인의식은 사장 한 사람만 가지면 된다. 신세대는 '내 회사가 아닌데 내 회사처럼 일하라니……? 사장님에겐 자기 회사, 우리에겐 남의 회사임'이라고 반응한다. 21세기에 회사를 성공적으로 경영하려면 밀레니얼 세대를 정확히 이해해야 한다. 이들은 신세대 직장인이자 신시대 소비자이기도 하다.

조안느 수잔스키와 잔 페리리드는…… 지금 기업들이 밀레니얼 세대를 제대로 파악하지 못한 채 과거의 조직문화 및 인사 관리 방법을 그대로 유지함으로써 많은 손실을 보고 있다고 주장했다. 거대한 고객으로, 그리고 조직 내의 주요한 구성원으로 비중이 높아지는 밀레니얼 세대를 기업들이 이해하려고 노력해야 한다는 것이다. 이들은 과거의 마케팅 기법, 인사관리 정책 등을 모두 원점에 두고 새롭게 정립해야 하며, 무엇보다 기업의 주요한 의사결정을 하는 고위 임원들의 변화가 시급하다고 했다.

이은형,《밀레니얼과 함께 일하는 법》

이제는 나이 든 사람, 경력이 많은 사람, 지위가 높은 사람의 말이 이전 세대만큼 힘을 발휘하지 못한다. IT 및 4차 산업혁명의 여파로 사회에서 구세대의 경험과 판단은 힘을 잃고 있다. 모

든 조직과 회사에 21세기에 맞는 경영과 운영이 필요하다. 그럼
에도 우리 사회에는 아직까지 20세기식 조직 문화가 만연한다.
이런 구식 틀로 신세대를 리드하려니 자꾸 문제가 생긴다. 예를
들어보자.

1) "해외 출장도 자주 가고 좋겠어."

일로 가면 몰디브도 지옥이다. 야자수 울창한 열대 해변에서
온종일 마케팅 서류를 작성해야 한다면? 섭씨 36도를 오르내리
는 싱가포르 호텔 수영장 옆에서 영업 실적을 올려야 한다면? 루
브르 박물관을 옆에 두고 들어가볼 시간도 없이 보고서를 만들
어야 한다면?

"해외 출장을 자주 가니 좋겠다" 같은 멘트는 해외에 나가는
게 평생소원이었던 불쌍한 중년들의 머리에서 나온다. 이런 말
을 들으면 신세대는 속으로 이렇게 생각한다. '하마터면 열심히
살 뻔했다.'

2. "이번에 우리 직원들과 같이 제주도로 2박 3일 워크숍을 갔는데
너~무 좋았다."

중소기업 대표들 중에 이런 이야기하면서 페북에 올리는 사람
들이 꽤 된다. 알아두자. 그런 건 당신만 좋다. 직원들이 왜 페북

에 제주도 이야기를 안 하는지 정말 모르는가? 사장님과 함께 가면 제주도 아니라 하와이도 괴롭다.

"아니, 내가 지들 항공권, 숙박비 다 대주고 엉? 밥도 사주고 엉? 유람도 시켜 주고 엉? 다~ 했어. 그런데도 나보고 꼰대라고?"

영화 〈범죄와의 전쟁〉이 딱 1970~80년대 이야기였다. 위의 대사는 그 영화에 나오는 최민식이 날리던 인상적인 멘트였다.

사장에게 묻겠다.

당신은 접대 골프가 즐겁던가? 대기업 회장님과 함께하는 하와이 여행이 좋던가?

좋다고요? 아~ 네.

3) "역시 내 유머가 먹혀."

대한민국 사장이 가장 많이 하는 오해 중 하나는 '직원들이 나와 함께 있으면 즐거워한다'는 거다. 다음을 보자.

중소기업 오너 최 사장은 매번 아재 개그를 해서 직원들을 웃기곤 했다. 그날도 시답잖은 유머를 날렸다. 모두 배꼽을 잡고 웃는데 김 대리만 시큰둥했다. 최 사장이 물었다.

"김 대리, 내 농담이 별로였나? 왜 안 웃는 거야?"

김 대리가 대답했다.

"저는 내일 퇴사하는데요?"

밀레니얼 세대는 웬만한 유머는 이미 다 안다. 인터넷과 SNS를 통해 순식간에 퍼진다. 중년 남녀들이 아이돌 그룹을 좋아하는 척(!)하는 이유는 그들의 음악성이 뛰어나서가 아니다. 모르면 신세대와 대화가 안 되기 때문이다. 노래방에서 랩 좀 읊어주고 새로운 춤사위 하나쯤은 해줘야 "와~" 소리가 나온다.

4) "가족 같은 우리 사원~!"

저기요, 진짜 가족하고도 이렇게 친하지 않아요. 그러니까 괜히 친한 척하지 말아 주세요.

5) "대를 위해 소를 희생해야지."

아무도 그렇게 생각하지 않는다. '소'를 먼저 존중해야 '대'가 사는 법. 밀레니얼 세대는 '개인-나-자아'를 우선시한다. 회사를 위해, 회사의 목표를 위해 또는 영업 실적을 위해 개인을 희생하라고 하면 그냥 회사를 떠난다.

이은형 교수가 책에서 밝힌 바에 의하면 밀레니얼 직장인의 44퍼센트가 '기회가 주어진다면 2년 내에 직장을 떠날 것'이라고 답했다. 그 이유는 리더십 계발 기회 부족, 승진 제외 때문이고 일과 생활의 균형, 유연한 근무환경, 비즈니스 가치를 위해서라면 언제든 회사를 떠날 준비를 하고 있다는 거다.

"그럼 도대체 나더러 어떻게 하란 말이냐?"라고 묻는 CEO가 있다면 우선 밀레니얼을 연구해보라는 대답을 하고 싶다. 이은형 교수가 제시한 해답 중 하나는 "자율성을 주어라"다. 그러면서 넷플릭스를 예로 들었다. 넷플릭스는 휴가, 예산 집행에 대해 직원들에게 완전한 자율을 보장한다. 이 정책을 시행하기 전보다 직원들의 만족감과 생산성은 상승했다.

시범적으로 출퇴근 시간 자율화를 시행해보라. 물론 악용하는 직원도 있을 거다. 오전 11시에 출근해서 오후 4시에 퇴근하는…… 그런데 사실 그는 최대한 몰입하고 집중해서 하루에 할 일을 그 시간 안에 다 하고 있는 건지도 모른다. 휴가만 해도 그렇다. 내가 아는 한 중소기업체 대표는 매년 12월 24일부터 다음 해 1월 1일까지 회사원 전원 휴가제를 실시한다. 연차는 물론 따로 챙긴다. '연말 전원 휴가제'는 일 년 동안 고생한, 사장을 포함한 전 사원을 위한 작은 포상이다. 이 제도는 연말에 파티나 모임이 많은 밀레니얼 세대에게 환영받았다. 협력업체나 연관 기업들도 이 시기에는 연락을 하지 않는다.

나 역시 사회생활을 하면서 신세대가 이해되지 않았던 적이 많았다. 그들 역시 우리 세대가 이해되지 않으리라. 세대 간 갈등은 역사만큼 오래됐다. 이 간극을 메울 길은 없다. 다만 좁힐 수 있을 뿐이다. 기성세대가 먼저 손 내밀어야 가능한 시나리오다.

2019년 5월, 칸 영화제에서 낭보가 들려왔다. 봉준호 감독이 〈기생충〉으로 최고상인 황금종려상을 수상했다. 봉준호 감독은 철야가 일상인 영화판에서 주 52시간을 지키며 〈기생충〉을 완성했다. 당연한 일이 뉴스가 된다. 그동안 우리나라의 노동 환경이 얼마나 열악했는지 알 만하다. 그런데 인터뷰 중 한 기자가 이렇게 물었다.

- 포스터에서는 주연 배우들의 눈을 가렸던데 왜 그랬나요?
"실은 나도 잘 모른다. 그래픽 디자이너가 그렇게 만들었는데 좋았다."

봉준호 감독이 한국 영화 100년 만의 쾌거를 이룬 바탕에는 이렇게 '일 맡은 사람의 자율적 판단에 대한 믿음'이 있었다. 맡기고 믿으면 누구나 최선을 다한다. 외국이든 한국이든 밀레니얼 세대는 역사상 가장 지혜롭고 현명한 젊은이들이다.

이들을 믿어라.

예체능, 그들만의 리그?

지극히 개인적인 이야기를 하겠다. 내 아들은 피아노를 전공하는 대학생이다. 이 아이를 피아노 전공 대졸자로 만들기 위해 그간 내가 들인 돈은 6억 원 가까이 된다. 1년에 5천만 원씩 들어갔는데 12년이 지났으니 정확한 계산이다. 결론부터 말하면, 예체능 전공자는 부모의 등골을 빨아먹고 자란다. 오죽하면 "집안에 음악가 하나를 만들려면 '엄마의 열성, 아빠의 무관심, 할아버지의 재력'이 필요하다" 하겠는가? 내 아이 입장에서 보면 외가와 친가 할아버지 모두 재력이 없으므로 순전히 아빠의 수입에 의존해야 했다. 아들이 음악 대학을 졸업할 때까지 아빠는 과로로 두 번 쓰러졌다(애가 이걸 봐야 하는데……. 쩝).

나는 랑랑 아버지처럼 '아들의 음악 인생에 내 모든 걸 희생하는' 타입이 아니었다. 랑랑의 아버지 랑궈런(郞國仁) 씨는 랑랑이 피아노에 소질을 보이자 직업도 때려치우고 오직 아들 뒷바라지에 전념한다. 랑궈런 씨는 랑랑을 데리고 고향을 떠나 북경의 작은 원룸에서 숙식하며, 빨래하고 밥하면서 아들을 키웠다. 생활비는 랑랑 어머니가 부쳐주는 돈으로 해결했다. 이런 지원이 랑랑을 세계적인 피아니스트로 만들었다.

나는? 아들에게 적당한 관심만 갖고 있었다. 다만 음악 교육에 들어가는 돈은 어떻게든 마련했다. 재벌들이야 코웃음 치겠지만 서민 입장에서 1년에 5천만 원씩 교육비로 쓰려면 코피 터진다. 나는 아이를 예체능 세계에 밀어 넣은 적이 없다. 오히려 그간 몇 번이고 아들 녀석에게 "이제 그만 두면 안 되겠냐?"고 말했었다. 그때마다 아이는 "끝까지 가겠다"며 도움을 요청했다. 자식 이기는 부모 없어서 나는 등골이 휘기로 했다.

아이가 예술중학교를 다닐 때의 일이다. 아들 친구 중에는 재벌가 손녀도 있었다. 하루는 그 친구 집에 놀러 갔다 오더니 아이가 말했다.

"걔네 집, 되게 넓어요. 집 문을 열고 친구 방까지 걸어가는데 10분이나 걸려요. 정원도 있고 잔디밭도 있고 소나무도 많더라고요."

아빠 닮아서 구라가 있었겠지만 하여간 처음 접한 재벌가의 위력에 충격을 받은 것은 틀림없다. 딱 한 번 놀러 가고 그만이었다. 녀석도 '돈은 없지만 가오는 있는' 가풍을 물려받아 주눅 들기 싫었던 거다. 아니면 그 친구를 우리집에 데려오기 민망해서 그랬을지도 모른다. 그때 우리는 22평 아파트에 살고 있었으니까(아들은 이 말을 들으면 피식 웃겠지).

아이를 '한국 예체능의 복마전' 속에 키우면서 잊지 못할 순간이 있다. 언젠가 '큰 선생' 댁에 아이를 데려갔다. 초등학교 6학년 때였다. 초등학생들을 가르치는 중견 피아니스트를 작은 선생, 이 작은 선생의 스승을 큰 선생이라 부른다. 다음은 큰 선생님과 우리 부부가 나눈 대화다.

> – 아이 피아노는 뭔가요?
> "야마하……입니다."(우리는 그때 1970년대산 중고 야마하 그랜드 피아노를 천이백만 원에 구입해 쓰고 있었다.)
> – (실망하는 빛으로) 스타인웨이로 쳐야 애가 음을 제대로 아는데…….
> "……."(쥐구멍이라도 들어가고 싶은 심정. '스타인웨이 앤드 선즈' 피아노는 가장 저렴한 것이 1억 5천만 원, 평균 3억 원 하는 고가의 피아노다.)
> – 그래도 바이올린 하는 애들보단 나아요. 애가 바이올린 전공하면 중학교 들어가면서 애들 부모가 제일 먼저 하는 일이 뭔지 아세요?
> "?"

- 집부터 팔아요. 그래야 바이올린 하나 제대로 된 걸 사니까.

백 퍼센트 팩트다. 농담도, 유머도, 내가 지어낸 이야기도 아니다. 그때 느낀 모멸감은 말로 표현할 수 없다. 그 큰 선생은 "도대체 돈도 없는 분들이 왜 애를 피아노 시키겠다고 하는 겁니까?" 이런 말을 돌려서 한 거다. 현악기하는 부모는 중학교 입학할 때 집을 팔아서 수억 원 대의 바이올린을 사주는데 야마하 중고가 웬말인가? 큰 선생님은 진심 놀랐을 거다. '부자들의 리그인 음악계에 당신 아들이 들어오겠다고? 돈 걱정 없이 연습만 해도 성공할까 말까 하는 이 거룩한 세계에서 가난뱅이를 아빠로 둔 아이가 제대로 할 수 있을까?' 하며 속으로 콧방귀를 뀌었을지도 모른다.

아이가 예술고등학교에 입학했을 때 나는 아침 등교를 시켜줬다. 그거라도 안 하면 정말 무관심한 아빠가 될까봐서였다. 그때 나는 10년도 더 된 기아 카스타 LPG 차를 몰고 있었다. 겨울이면 아침마다 시동을 거느라 애를 먹었고 아스팔트에서도 덜덜거리며 갔다. 한마디로 똥차였다. 예고 앞에 가보면 등교시켜주는 차의 90퍼센트는 벤츠, BMW, 아우디였다. 예체능 부모는 독일차를 사랑한다. 지방에서 서울로 아이를 유학 보낸 부모도 있었다. 그럼 대개 이런 식이다. 지방에 집 하나, 서울에 집 하나. 아빠는 지방에서 돈 벌고 엄마는 서울에서 아이와 함께 지내고.

내 초등학교 동창 수일이 아들은 골프를 전공했다. 지금 세미프로라는데 초등학교 때부터 15년간 8억 원이 들었단다. 다들 이렇다. 한국에선 큰 선생 피아노 레슨비가 한 시간에 20만 원했다. 만약 현악 전공이라면 반주자가 필요하기 때문에 1.5배가 든다. 이런 레슨을 일주일에 두세 번 받는다. 작은 선생에게도 레슨을 받고 종종 음악 홀을 대여해 실전 연습도 한다. 거기다 음반 값에 악보 값에 학비에…… 돈이 블랙홀처럼 들어간다. '집안 형편이 넉넉하고 돈 걱정 안 하는 상태에서 훨씬 더 편하게 예체능을 전공할 수 있다'는 건 진리다. 한국이나 외국이나 마찬가지다.

그럼 돈 없는 집 아이들은 예체능을 하지 말아야 하는가? 그렇다. 난 자신 있게 "그렇다!"고 답하겠다. 만약 당신이 서울 지역 30평대 아파트에 살고 있는데 지금 아이가 예체능을 전공하기 시작했다면, 5년 뒤에는 아파트 평수가 20평대로 줄고 10년 뒤에는 10평대로 준다. 15년 뒤에는? 당신과 아내, 아이가 원룸에 살게 될 확률이 높다. 실제 그런 사례를 알기에 하는 말이다. 절망적인가? 우리가 사는 세상이 원래 그렇다. 99퍼센트의 절망과 1퍼센트의 희망으로 이루어져 있다. 우리 같은 서민이 할 일은 끝내 1퍼센트의 희망을 놓치지 않도록 집요하게 물고 늘어지는 것뿐이다.

아이가 중학교 때 몇 개월 동안 대학생 형에게 레슨을 받은 적이 있다. 그 형을 Y라 하자. Y는 집안 형편이 어려워 스무 살 때부터 독립해서 대학에 다니면서 초·중생에게 레슨을 했다. 레슨비를 모아 생활하면서 제 학비를 댔다. Y의 부모는 지방에 계셨고 Y는 서울에서 원룸을 얻어 숙식하면서 학교도 다니고 레슨도 했다. 그러면서 자기 역시 큰 선생에게 레슨을 받았다. 연습도 열심히 했다. 한마디로 고학생이었다. 얼마 뒤, 그가 한 국제음악콩쿠르에 나가 우승을 했다. 아들이 내게 그 소식을 전해왔을 때, 나는 정말 내 일처럼 기뻤다.

이런 게 1퍼센트의 희망이다. 돈 많고 빽 많은 사람만 성공하는 세상, 부모 잘 만나 아무 걱정 없이 연습하는 피아니스트만 잘나가는 세상이라면 도무지 살맛이 나겠나? 나도 아들도 Y도, 그리고 세상 모든 Y의 부모들도 판도라 상자 속의 1퍼센트 덕에 오늘도 힘을 내어 살아간다.

먹는 것에도 차별이 있다

인간의 역사는 불평등의 역사다. 역사의 상대어는 선사(先史)다. 역사란 기록과 함께 시작했으며 대체로 청동기시대가 그 시초다. 선사시대는 역사시대보다 평등했다. 최소한 먹는 것에 관한 한. 고고학자들은 기원전 농업 혁명이 시작되기 전에 오히려 인류는 더 다양하고 풍부한 식생활을 했다는 데 동의한다. 정착하여 농업으로 주된 생계를 해결하기 전, 우리 조상들은 견과류, 유기농 과일, 나뭇잎, 단백질 풍부한 애벌레, 조류, 포유류, 장어와 뱀, 조개 같은 패류와 어류 등으로 훨씬 잘 먹고 살았다. 노동도 하루에 두세 시간밖에 하지 않았다. 그때가 좋았다.

최초의 풍요한 사회는 그대로 최후의 풍요한 사회가 됐다. 역사와 함께 불평등은 날로 심화된다. 사촌이 땅을 사면 배가 아팠지만 어리석은 왕이 땅을 차지하면 배를 곯았다.

　《맹자》를 보면 맹자가 제나라 변방의 평륙이란 지방에 가서 그곳을 다스리는 공거심을 꾸짖는 장면이 있다. "흉년으로 기근이 든 해에 당신의 백성 중 굶어 죽어 도랑에 구르고 장정들 중 흩어져 사방으로 떠나간 사람이 거의 천 명이나 되었소." 공거심은 양심이 있는 사람이었는지 "저의 잘못입니다" 하고 인정한다. 맹자가 양혜왕(재위 기원전 370~334)을 만날 때는 이런 말을 했다. "지금 왕의 푸줏간에는 살진 고기가 있고 마구간에는 말이 넘쳐나는데 백성들은 굶주리고 들판에 굶어 죽은 시체가 있다면 이는 왕의 말을 위해 백성을 먹이로 주는 것이나 마찬가지입니다……. 길에 아사한 시체가 있어도 창고를 열 줄 모르고 사람이 굶어 죽을 때 '내 탓이 아니라 흉년 탓이다'라고 한다면 사람을 찔러 죽이고 '내가 그런 것이 아니라 창이 그랬다'고 말하는 것과 무엇이 다르겠습니까?"

　제나라를 다스리는 제경공(재위 기원전 548~490)은 마구간에 말이 천 마리나 됐지만 백성은 배를 곯았다. 위의공(재위 기원전 668~660)이 위나라를 다스릴 때 그 자신은 파티를 즐기며 학에게 값비싼 먹이를 주느라 세금을 탕진했으나 역시 백성은 굶어 죽었다. 결국 위나라는 북적의 침략으로 위의공 시대에 몰락했다. 예로부터 사람들이 돈이나 음식이 부족해서 못사는 게 아니다. 도둑이 많기 때문이다. 노자는 《도덕경》에서 이렇게 갈파했다.

> 조정은 화려하나 밭에는 잡초가 무성하여 곳간이 텅 비었습니다. 그런데도 한쪽에서는 비단 옷 걸쳐 입고, 날카로운 칼을 차고, 음식에 물릴 지경이 되고, 재산은 쓰고도 남으니 이것이 도둑 아니고 무엇입니까?
>
> 노자, 《도덕경》

묵자 역시 그의 책 《묵자》에서 "음식을 호사스럽게 하고자 백성들을 가렴주구하여 맛있고 아름다운 음식을 만들고 소와 양과 돼지를 찌고 물고기와 자라를 구워 대국의 군주는 백 개의 그릇에 담고 소국의 군주는 열 개의 그릇에 담아 다 맛볼 수도 없다. 그 많은 음식은 겨울에는 얼고 여름에는 쉬어버린다"(기세춘 역)고 했다.

음식의 역사를 재미있게 풀어 쓴 정기문 교수는 그의 책에서 "동서양을 막론하고 지배층의 중요한 특징은 고기를 먹는 것, 그것도 많이 먹는 것"이라고 해설했다. 18세기 이전 대다수의 농민은 동서를 막론하고 대체로 풀이나 죽을 먹었다. 반면 지배층은 고기를 먹고 다른 영양분이 많은 음식을 더불어 먹어서 덩치가 컸다. 그래서 그들을 '대인'이라 불렀다.

우리나라 역시 대인의 역사는 오래되었다. 《삼국유사》를 보면 태종무열왕 김춘추(604~661)의 식단이 나온다. 백제 멸망 전에는 한 끼에 쌀 한 말과 꿩 세 마리를 먹었고, 이후에는 하루에 두 끼만 먹되 한 끼에 쌀 세 말, 술 세 말, 꿩 다섯 마리를 먹었다는 거다. 그렇다면 아마도 김춘추는 유튜브 먹방 스타의 선조 격이 아닐까? 한 말은 18리터니 세 말은 54리터다. 혹시 '되'를 '말'로 잘못 풀이한 것은 아닐까 싶어 원문을 보니 이렇게 나와 있다.

王……食……一日米六斗 酒六斗 雉十首
왕……식…… 일일미육두 주육두 치십수

54리터라면 2리터짜리 생수병 27개 분량이다! 내 주량은 생맥주 1,000cc, 소주 한 병이다. 주변에 잘 마시는 친구는 1,000cc짜리 10잔까지 마신다. 탤런트 윤 모 씨는 소주 8병을 마시고도 멀쩡하다. 유튜브 먹방 스타 양팡은 앉은 자리에서 생맥주 7리터를 마시고 쯔양은 소주 6병을 마신다. 그런데 54리터라면? 상상 초월이다. 과연 신라시대 백성들이 매 끼니를 저렇게 먹을 수 있었을까? 아니라고 본다.

18세기 세계 최부국(最富國)이었던 청나라 황제는 뭘 먹었을까? 6대 황제 건륭제가 혼자 식사할 때 메뉴가 자금성 고문서 기록으로 남아 있다. 이 리스트를 보면 묵자가 "다 못 먹어 음식이

쉰다"고 한 비난이 헛소리가 아님을 알 수 있다. 음식은 온갖 장식과 무늬가 있는 대접이나 그릇에 담겨 나왔는데 그 식기 역시 잘 묘사되어 있다. 식단만 보면 다음과 같다.

-제비집

-얇게 썬 닭 가슴살을 채운 사과, 표고버섯, 훈제 햄, 배추

-배추와 버섯으로 싼 닭 날개

-배추와 함께 볶은 닭 가슴살

-간장에 조린 양 어깨살

-쑤저우식 다진 고기 요리

-새콤한 채소를 곁들인 꿩 가슴살 요리

-말린 사슴고기

-조린 닭 · 양 · 노루고기찜

-돼지고기와 양고기

-쌀국수

-꽃빵

-면국수

-꿀

-계화나무 꽃에 재운 순무와 시금치

-채소 모둠 요리

-찐 만두

-빵 8접시

-쌀밥

-양고기 탕

-뭇국

-꿩고기 탕 등

……황제의 주요리에는 20근의 고기를 사용해야 하고 108가지 요리로 구성된 황제의 식사에는 조리기, 볶기, 오래 끓이기, 증기로 찌기 등 모든 종류의 요리법이 고루 사용돼야 한다.

마리옹 고드프루아 외,《역사는 식탁에서 이루어진다》

이 음식은 물론 혼자서 다 먹지 못한다. 황제가 먹다 남긴 음식은 환관이나 궁녀, 신하가 먹었다. 고드프루아에 따르면 청나라 최고 권력자가 먹다 남은 음식을 먹는 것은 특권이자 행운이었고 이를 누리지 못하는 사람들은 '음식물 쓰레기 처리반'에 들어간 이들을 원한과 질투로 바라봤다.

2016년, 나는 중국 시안의 화청지라는 온천 유적지에 간 적이 있다. 당 현종과 양귀비가 자주 와서 사랑 놀음을 하던 곳이다. 호색한 현종은 눈에 띄는 미녀가 있으면 '목욕의 영'을 내려 먼저 화청지에 가 있도록 했다. 백거이는 《장한가(長恨歌)》에서 양귀비가 목욕의 영을 받던 날을 이렇게 노래했다.

봄의 입김 아직도 차가운데

목욕의 영을 내리신 화청의 못

온천물 매끈매끈 응어리진 때를 씻어내려 주다

하녀 부추겨 일으키니

나긋나긋하여 힘이 없네

처음으로 새로이 이제

은택을 입는 때니라

천승세,《십팔사략》7권

화청지에 가보면 당 태종이 목욕하던 널찍한 탕이 있다. 넓이가 50제곱미터 정도 되는 석회석 욕조와 테라스로 이루어져 있다. 황제가 목욕한 물은 수로를 따라 옆 건물로 흘러간다. 그곳에 규모가 좀 작은 탕이 따로 있다. 이곳은 신하들이 목욕하던 곳이다. 황제의 측근들은 용체(龍體)가 닿은 물에 제 몸 담그기를 앙망했다. 중국의 황제 숭배는 좀 더러운 면이 있다. 황제가 먹다 남은 음식을 먹고, 황제가 씻고 남은 물로 씻는 것을 가문의 영광으로 알았다니. 아랫사람의 맞장단도 문제다.

프랑스 혁명으로 단두대에서 처형당한 루이 16세 역시 미식가이자 대식가였다. 프랑스 혁명은 왜 일어났나? 민중들은 하루에 3수(sous)를 벌기 위해 열 시간 이상 일했는데 루이 16세는 마리 앙투와네트와 즐기느라 치세 12년 동안 12억 5천만 리브르(livre)의 빚을 졌다(1리브르는 20수). 12억 5천만 리브르는 대체 얼마나 되는 돈일까?

대한건설협회의 〈2019 건설업 임금 실태 보고서〉에 따르면 보통 인부의 하루 노임은 125,427원이다. 프랑스 혁명 이전 민중의 하루 품삯이 이 정도는 아니었을 것이다. 많이 양보해서 5만 원이라고 치자. 3수가 5만 원이라면 12억 5천만 리브르는 250억 수= 416조 원이다. 이 어마어마한 돈을 어디에 썼을까? 150만 리브르짜리 다이아몬드를 사고 1,000만 리브르짜리 성을 선물하고…… 먹고 마시는 데 썼다. 루이 16세는 프랑스 혁명으로 탕플탑에 갇혀 있을 때도 다음과 같이 식사를 했다.

13명이나 되는 고용인들이 그의 식사를 준비했고 매일 점심시간에는 세 종류의 수프와, 네 종류의 전채, 두 종류의 구운 고기, 네 종류의 가벼운 식사, 설탕에 절인 과일, 과일, 말바어지산 포도주 보르도, 샴페인이 나왔다. 석 달 반 동안 식비는 자그마치 3,500리브르나 들었다.

슈테판 츠바이크,《마리 앙투아네트, 베르사유의 장미》

위에 적용한 현대 화폐 가치로 따지면 루이 16세의 한 끼 식비가 평균 370만 원이다. 'What you eat is what you are(당신이 뭘 먹느냐가 당신을 말해준다)'란 말이 있다. 역사 이래로 지배층과 피지배층은 먹는 것이 달랐기에 몸도 달랐다. 평민들은 음식을 제대로 먹지 못해 늘 영양실조에 시달렸다.

정기문의《역사학자 정기문의 식사(食史)》에 보면 "고대 마야 지역 지배층 남자의 평균 키는 약 170센티미터였으나 보통 남자들의 평균 키는 155센티미터"라고 나와 있다. 중세의 의사들은 계층에 따라 먹는 것도 달라야 한다고 주장했다. "고귀한 귀족이 하층민이 먹는 수프를 먹으면 소화불량에 걸리고 하층민은 위가 거칠어서 귀족이 먹는 음식을 소화할 수 없다"면서. 중세 성직자들은 하층민들에게 "너희가 배고픈 것은 하느님이 내린 운명이니 순응하라"고 가르쳤다. 반복되는 역사 속에서 성직자들은 주로 가진 자의 편이었지, 결코 가난한 자의 편이 아니었다.

근대에 들어서도 상황은 나아지지 않았다. 산업혁명과 함께 온 대공장의 시대는 노동자, 특히 어린이·여성 노동자들을 기아 상태로 내몰았다. 먹을 것이 없어서가 아니라 먹을 시간이 없어서였다. 장시간 노동과 영양 부족으로 아이들은 키가 크지 않았고 병에 시달렸다.

1800년대 전반기, 공장에서 일했던 소년 소녀 노동자들의 참상은 여러 문서에 드러나 있다. 하루 15~19시간씩 일해야 했던 아이들은 집에 돌아와 밥도 먹기 전에 쓰러져 잤다. 일하는 도중에, 잠자다가, 일터를 오가다 죽는 아이들이 속출했다. 인간은 먹어야 산다. 자본가들은 자신의 탐욕을 위해 노동자들을 먹지도 못하고 지쳐 쓰러지게 만들었다.

그저 옛날이야기일 뿐일까? 퇴근하고 집에 돌아와 먹기도 전에 잠들어버린 적이 없는가? 휴일에 식사도 거르고 온종일 잠만 잔 적은 없는가? 과로 때문에 식욕부진을 경험한 적이 없는가?
역사는 반복된다.

식사(食史)도 반복된다.

우리를 돌아보자

'손뼉도 마주쳐야 소리가 난다.'

갑이 있으면 을이 있고 리더가 있으면 팔로워가 있다. 모든 국민은 그 수준에 맞는 정부를 갖는다 했던가. 이 극한 불평등의 사회에 잘못은 오로지 가진 자와 힘 있는 자에게만 있을까? 을에게도 단점이 있고 팔로워에게도 허점이 있다. 2016년 7월에 나향욱 교육부 정책기획관은 기자들과 식사하는 자리에서 "민중은 개돼지"란 발언을 했다. 정책기획관은 공무원 2~3급에 해당하는 고위직이다.

다 그렇진 않지만 이런 생각을 하는 높은 분들 많다. 사장, 부자, 정치인 등 우리 사회의 리더라는 사람들 중에 나향욱 씨 의견에 동조하는 사람도 꽤 된다고 본다. 나는 우리를 돌아보자는 의미에서 나향욱 사건이 터진 뒤에 다음과 같은 칼럼을 썼다. 역시 좀 길지만 인용한다.

나향욱 선생이 알려준 것

"그때 예수께서 일어나 이르시되, '너희 중에 죄 없는 자가 먼저 돌로 치라' 하시고……." (《요한복음》)

서기관과 바리새인들이 간음한 여인을 잡아 왔을 때, 예수가 한 말이다. 최근 크게 문제가 되었던 나향욱 교육부 정책기획관이 한 이야기를 들었을 때, 필자는 이 구절이 떠올랐다. 나향욱 선생은 무어라 말씀하셨던가? "민중은 개-돼지다!"라고 설파하셨다. 아! 그렇다. 우리는 몰랐다. 우리가 개, 돼지인 것을. 나 선생을 비난하는 모든 이에게 이렇게 되묻고 싶다.

"너희 중에 개, 돼지가 아닌 자가 먼저 돌로 치라!"

호메로스의 고전 《오디세이아》에 보면 20년 동안 떠돌며 오로지 고향에 돌아가기 위해 애썼던 오디세우스가 사악한 키르케 여신의 섬에 도착하는 대목이 있다. 오디세우스의 부하들은 키르케 여신의 간계에 속아 개, 돼지가 되고 만다. 짐승으로 변한 자들은 사람에게 꼬리를 친다. '마치 주인이 허기를 달래주는 맛있는 음식을 늘 가져다주기 때문에 주인이 잔치에서 돌아오면 개들이 주위에서 아양을 떨 때와 같이…….' (천병희)

그저 힘 있는 자와 돈 좀 있는 자들이 던져주는 음식 부스러기를 얻기 위해 우리는 아양을 떨지 않았던가? 갑-을-병-정으로 이어지는 계급 사회 속에서, 정에서 병, 병에서 을, 다시 을에서 갑으로 올라가기 위해 온갖 수단을 쓰지 않았던가? 알량한 월급이 나오는 이 시절이 유지되기만 한다면 다 좋다고 여기지 않았던가? "좋은 게 좋은 것"이기에 학연과 지연과 혈연을 동원해서 지금 추진하고 있는 프로젝트가 어떻게든 성사되기만을 바라지 않았던가? 비록 그 일이 우리 후손들이 쓸 자연을 망치는 일이어도, 나보다 못한 사람들을 짓밟는 일이어도, 돈 없고 빽 없는 사회의 대다수를 착취하는 일이어도 나만 잘 먹고 잘살면 된다고 생각하면서 주인집 처마 밑에서 비바람을 피하는 걸 최고의 행복으로 여기지 않았던가?

우리나라에서는 좋은 대학을 나와 지도층 인사가 되면 사기, 기망, 혹 세무민을 밥 먹듯이 한다. 그들이 무소불위의 권력을 가졌다 한들, 여신에게 대들었던 오디세우스처럼 우리는 한 번이라도 우리의 권리를 찾기 위해, 아니 우리의 자존심을 지키기 위해 목청껏 외쳐본 적이 있던가? 영국의 철학자 J.S 밀이 말했다. "배부른 돼지보다는 배고픈 소크라테스가 낫다"고. 왜? 돼지는 배만 부르면 더 이상의 것을 원하지 않는다. 주인이 자기를 때려도, 더러운 우리에 가두어도, 새끼를 데려가 팔아먹어도 그 우리를 부수고 나와 자유로워지거나 주인을 들이받을 생각을 하지 않는다. 우리는 철망을 부수려 했던 적이 있던가? 먹이사슬을 끊으려 했었나? 저들이 먹다 남은 음식을 먹이통에 쏟아부으면 서로 먼저 가서 배를 채우려 하지는 않았던가? 보라! 같은 종족인 개와 돼지를 지켜주기보다는 그들과 연대하기보다는 그리하여 경계를 부수고 뛰쳐나가 자유를 얻기보다는, 주인도 아닌 주제에 주인 입장에서 주인을 위해 일하면서 동족을 향해 이빨을 드러내고야 마는 어리석은 짐승이지 않았는가?

소크라테스는 가난했지만 사람들을 만나면 늘 이렇게 말했다. "자네는 가장 위대하고 훌륭한 국가인 아테네 시민이면서 돈을 모으는 데는 그렇게 애쓰면서 왜 현명해지는 일과 진실해지는 것에는 그렇게 신경을 쓰지 않는가?" 돈을 모으는 것보다는 현명해지는 일과 진실해지는 것에 더 신경 쓰는 것- 이게 인간의 할 일이다.

개는 중성화 수술과 성대 제거 수술로 본능도 삭제된 채 주인만 바라보고 산다. 돼지는 인간에게 고기를 제공하기 위해 평생을 단 1m도 움직이지 못하며 살아간다. 이런 동물과는 다르다고 우리는 착각하고 있었으나 선지자 나향욱 선생께서 등허리를 내리치는 죽비로 깨우쳐 주신 것이다.

"너희들은 개, 돼지야!"

<한국일보>, 2016. 7. 26.

사람은 편한 것을 추구하려는 본능이 있다. 성선설도 성악설도 맞다. 인간은 천사와 악마의 모습을 동시에 갖고 있으며 진보와 보수의 양면을 보지(保持)한다. 민중은 변혁의 주체가 되기도 하지만, 독재자나 혼군(昏君)이 리드할 때 그를 지지하는 세력이 되기도 한다. 사원에게도 잘못이 있고 노동자에게도 단점이 있

다. 노조도 부패할 수 있으며 노동자를 위한 정당 역시 썩어 문드러질 수 있다. 한비자는 이렇게 설파했다.

> 편안하고 이로운 데로 가고자 하고, 위험하고 해로운 것을 멀리하고 싶은 것은 사람의 평범한 감정이다. 지금 신하된 자가 힘을 다해 공을 이루고 지혜를 다해 충성하려 해도, 자신은 괴로운 처지에 놓여 있고 집안은 가난에 허덕이며 아비와 자식은 모두 해를 입고 있다. 그런데 간사한 계략을 써서 이익을 차지하고 군주를 현혹하며, 뇌물을 바쳐 고관을 섬기는 신하들은 벼슬도 높아지고 집안도 부유해지고 아비와 자식이 모두 그 혜택을 누리고 있다면, 무엇 때문에 사람들이 편안하고 이로운 방법을 버리고 위태롭고 해로운 길로 나아가려 하겠는가?

한비, 《한비자》

개돼지가 되지 않고 사람답게 살려면 공부해야 한다.
용기를 내야 한다.
그리고 싸울 땐 싸워야 한다.

열 대의 따귀

이안 부루마(1951~). 네덜란드 출신으로 국제적으로 명성이 높은 아시아 연구학자다. 2003년부터 뉴욕 바드 칼리지에서 저널리즘 교수로 재직 중인 그는 미국 외교 전문지 〈포린 폴리시〉가 2008년과 2010년에 '세계 100대 사상가'로 선정한 사람이다. 그가 2013년에 《0년-현대의 탄생, 1945년의 세계사》라는 책을 낸 적이 있다. 원제는《Year Zero-A History of 1945》다. 이 책은 제2차 세계대전이 끝나는 1945년 전후의 세계를 다룬 역저다.

그는 이 책에서 우리나라 현대사에 아주 중요한 역할을 했던 한 사람의 이중국적자에 대해 다루고 있다. 바로 대한민국 갑질의 시초인 다카키 마사오(高木正雄, 1917~1979)다. 박정희라는 한국명으로 위장해 활동했던 그는 일본 점령기 시절 경북 구미에서 태어났다. 비록 태생은 한국이었으나 어린 시절부터 받은 제국주의 교육의 영향으로 뼛속 깊이 일본인이었다. 마사오는 식민지 약소민족을 지배하는 군인이 되기로 결심하고 1938년 만주군관학교에 지원한다. 이때 그는 나이 제한으로 입학을 거절당하는데, 면도칼로 새끼손가락에 피를 내 혈서를 써서 보내는 열의를 발휘하여 입학을 허락받는다.

1939년 3월 31일 〈만주신문〉에는 그가 쓴 혈서의 내용이 기사화되어 있다.

"일본인으로 수치스럽지 않을 정도의 정신과 기백으로 한목숨 바쳐 천황을 받들고…… 멸사봉공, 견마의 충성을 다할 결심입니다."

보라, 스스로 일본인임을 밝히고 있지 않은가.

1942년, 마사오는 만주군관학교를 수석으로 졸업하고 우등생 특전으로 일본육군사관학교에 진학하여 1944년에 졸업한다. 이후 일본 육군 소위로 임관, 만주군 소속 6관구 보병 소대장으로 근무하면서 동북항일연군과 전투를 벌였다. 조선 및 중국의 독립운동가를 때려죽이는 데 앞장섰던 셈이다.

오랜 세월 외신 기자를 했던 문명자 선생(1930~2008)은 박정희의 생도 시절을 함께 한 일본인들을 인터뷰한 적이 있다. 그의 저서 《내가 본 박정희와 김대중》에 따르면 박정희는 온종일 말한마디 없는 과묵한 성격이었는데 "내일 조센징 토벌에 나간다"는 명령이 떨어지면 갑자기 "요오시(좋다)! 토벌이다!" 하고 벽력같이 고함을 치곤했다는 것이다. 그래서 일본 생도들은 "저거 돈놈 아닌가" 하고 쑥덕거렸다고 한다.

이 대목만 보면 마사오는 사이코가 분명하다. 해방 후에 다카키 마사오는 대한민국 육군에 편입했다. 공산주의자였던 형 박상희가 우익에 의해 사살된 뒤, 그는 남로당에 들어가 좌익으로 전향하여 남로당 내 스파이로 활동했다. 남로당 활동으로 숙청될 위기에 처하자 마사오는 박쥐 같이 변신한다. 국군 내 좌익인사를 수사하는 조사관에게 동료 300명의 명단을 넘기고 사면되어 민간인 군속으로 일하게 된다. 때마침 터진 한국전쟁은 마사오를 구했다. 위급해진 군은 마사오를 군에 복귀시키고 그는 1960년대 육군 소장까지 진급한다. 이듬해 군사정변으로 정권을 잡고 1979년 10.26으로 김재규 장군에 의해 제거되기까지 17년동안 남한 대통령으로 암약했다.

그러나 실상을 알고 보면 마사오는 뼛속까지 일본인이었다. 김교식의 《다큐멘터리 박정희3》에 의하면 박정희가 암살되었을 때, 주한 일본 외교관은 "대일본제국 최후의 군인이 죽었다"고 자국에 보고했다.

이하 혼란을 피하기 위해 박정희로 통칭하자. 박정희는 술에 취하면 일본 군가를 부르고 일본어를 상용했다. 군사정변으로 정권을 잡자마자 일본에 절대적으로 유리하게 한일협정을 맺어 터무니없는 액수로 식민지 시대 보상을 받아냈다. 5년 동안 일본의 지배를 받았던 필리핀이 5억 불을 받은 것에 비하면 35년 착취당한 한국에 대한 일본의 보상액 3억 불은 새 발의 피였다. 조국(일본)에 대한 그의 충성심은, 식민지 한국을 위해 거액을 낭비하게 할 수 없었다.

박정희는 또 다른 분야에서 일가를 이룬다. 일제 폭력문화다. 그는 일본제국주의시대에 만연한 폭력을 사랑했다. 국권 침탈기의 공포를 한편으로 두려워하면서 한편으론 숭배했다. 폭력은 공포를 낳았고 공포는 폭력을 담보로 유지되었다. 공포와 폭력은 권력 지탱의 핵심이었다. 일본산 '공포-폭력-권력'의 삼위일체 문화를 한국에 심기 위해 그는 중앙정보부를 만들어 정치인, 종교인, 문화예술인을 무작위로 잡아다 족쳤다. 중·고등학생들에게 군사교육을 강요했다. 이로 인해 1960~70년대 학교를 다닌 이들은 치 떨리는 폭력문화에 물들어야 했다.

나 역시 그 폭력문화를 늘 보고 겪으며 자랐다. 중학교 때 하루 7교시가 있으면 어김없이 어떤 수업에서는 선생이 학생을 패곤했다. 고등학교 1학년 때 이 폭력은 절정에 달했다. 1981년 배문고 시절 생물 선생, 체육 선생 등은 대단한 폭력자였다. 내게 충격을 준 것은 영어 선생이었다. 평소 젠틀하고 교양 있던 영어 선생이 하루는 사이코로 돌변했다. 친구 승우가 뭔가 대답을 삐딱

하게 했던 것으로 기억한다. 선생은 승우를 앞으로 불러냈다.

"안경 벗어."

승우는 안경을 벗었다. 영어 선생은 시계를 풀었다(이 양반 혹시라도 시계가 풀리거나 떨어질까 봐 걱정했다).

"픽!"

영어 전공자는 언어만 배웠지 문화는 배우지 못했다. 승우의 양 볼을 무차별 폭행했다. 교단 앞에서 시작된 폭력은 열여섯 대를 때리고 승우가 교실 뒤쪽 칠판까지 물러나서야 끝났다. 이런 일은 거의 이틀에 한 번꼴로 있었다. 선생이 이러니 학생은 어떻겠나? 일상의 교내 폭력에 시달렸다. 80년대 고교생을 모델로 한 〈말죽거리 잔혹사〉 같은 영화를 보면 나는 불편하다. 영화가 아니라 다큐라서. 나는 고등학교 방송반이었는데 평소 친절하던 선배가 '군기를 잡는다'며 엎드려뻗쳐를 시키고 빳다(!)를 때리는 경험을 두어 번 했다.

나쁜 놈들. 학생이 왜 학생한테 군기를 잡는단 말인가.

군대에 가서도 폭력은 이어졌다. 한두 달 먼저 들어온 고참들이 후임들을 불러 대걸레 자루로 때리곤 했다. 1986년부터 2년 동안 의정부 하금오리 미군부대 637포병 대대의 인사계 한국군 상사는 쥐새끼 같은 폭력군인이었다. 그 미군부대에 파견된 유일한 부사관이었는데 5개 중대의 선임병장들을 불러서 때리곤 했다. 중대 내에서 고참들이 후임을 때리는 일도 다반사였다. 나도 역시 맞았다. 사회에 들어와서는 직접적인 폭행은 겪어보지 못했다. 다만, 신입사원 때 선배들이 종종 "옥상으로 올라오라"는 말을 하곤 했다. 거기선 폭행은 없었으나 언어폭력은 여전했다.

한국 사회의 이 모든 왜곡된 문화를 우리에게 선사한 박정희. 아마도 그는 하늘에서 자신이 존경하는 일본의 전 수상, 기시 노부스케와 함께 한국의 1970~80년대가 폭력의 힘으로 물드는 것을 보고 미소 짓고 있었으리라. 폭력은 분노를 낳고 분노는 분열을 낳는다.

기시 노부스케가 누구인가? 박정희가 가장 존경했던 사람이다. 노부스케는 일본 제국주의 시절에 만주 괴뢰국을 건설하고 중국과 한국의 독립 운동가들을 때려잡았다. 제2차 세계대전이 끝난 뒤 1급 전범이 되었으나 3년 뒤 출소해서 1957년에 일본 총리까지 했던 자다. 1945년 일본이 한국에서 물러나야 했을 때, 그는 한국의 분열을 바라지 않았을까? 박정희라는 한국 이름을 가진 일본인 다카키 마사오가 기시 노부스케와 함께 웃을 걸 생각하면 기가 막힌다. 정신 차리고 살자.

나는 막노동하는 아버지의 딸입니다

아나운서라는 직업을 갖게 된 후 사람들은 내 직업 하나만을 보고 당연히 번듯한 집안에서 잘 자란 사람, 부모의 지원도 잘 받아 성장한 아이로 생각했다. 그 당연한 시선으로 아버지는 무슨 일을 하시느냐 물어오면 "건설 쪽 일을 하시는데요"라고 운을 떼자마자 아버지는 건설사 대표나 중책을 맡은 사람이 됐고, 어느 대학을 나오셨느냐 물어오면 아무 대답을 하지 않아도 아버지는 대졸자가 됐다. 부모를 물어오는 질문 앞에서 나는 거짓과 참 그 어느 것도 아닌 대답을 할 때가 많았다.

임희정, 《나는 겨우 자식이 되어간다》

임희정 전 광주 MBC 아나운서가 2년여간 〈오마이 뉴스〉에 시민기자로 기고한 글과 브런치에 쓴 글을 모아 한 권의 책을 냈다.《나는 겨우 자식이 되어간다》다. 그는 글솜씨가 좋다. 단지 기교가 좋다는 말이 아니라 진정성이 배어 나와 독자의 마음에 물결을 일으킨다.

그는 한때 아버지의 일이 부끄럽기도 했다. 하지만 스스로에게 물었다.

'무엇이 부끄러운 것일까, 나를 부끄럽게 만드는 이유는 무엇일까, 그 이유가 잘못된 것은 아닐까?'

이런 고민 속에서 그가 깨고자 노력했던 건 우리 사회에 자리 잡은 직업과 계급에 대한 선입견이었다. 아나운서라면 으레 돈도 명예도 학벌도 어느 정도 갖춰둔 집안을 배경으로 하고 있을 거라는 편견이었다. 왜 이런 편견이 있는 걸까? 여전히 직업도 계급도 부모에서 자식으로 대물림되는 일이 그동안 너무 당연했기 때문 아닐까?

임희정 씨는 '어떤 지위나 직위를 갖고 있든, 설혹 지위나 직위가 없더라도 부모라는 존재는 위대하다'는 생각을 책 속에 잘 담았다.

이 책을 읽는 내내 나는 한숨이 나왔다. 그의 부모처럼 내 부모님도 두 분 다 초등학교 정도의 학력으로 세파를 헤쳐 오셨다. 잘될 때도 있었지만, 안 될 때도 있었다. 문제는 후자다. 아버지가 작게 사업을 하시다 재기불능일 정도로 망한 뒤에는 할 게 없었다. 아버지는 경비나 화물 운반 같은 일을 하셨고, 어머니는 식당 종업원으로 일하셨다. 학력이 약하다 보니 선택의 폭이 좁았다. 청소년기 이후로 우리는 늘 어렵게 살았다.

나는 임희정 아나운서가 '아버지가 막노동을 한다'는 사실을 밝혔다는 기사를 읽고 그의 브런치를 찾아보고 책을 구입해 읽었다. 그녀는 이 사회에 만연한 노동자에 대한 옳지 못한 인식에 대해 묻고 있었다. 자식으로서 떳떳하게 부모님에 대해 언급하지 못한 것에 대해 뉘우치고 있었다. 개인의 이야기 속에 사회의 큰 담론이 있었다. 깊은 생각과 세심한 관찰을 통해 그는 우리가 가진 인식의 모순을 지적하고 있었다. 동병상련이었다.

임희정 아나운서가 인터넷 뉴스에 거론된 이후에 어머니에게 이야기하자 어머니는 "암시랑토 안 해"라고 했단다. 아마도 그 한마디 안에 임희정 아나운서가 고민하며 던졌던 질문에 대한 대답이 숨어 있지 않을까? 노동의 건강함, 노동의 순수함과 떳떳함을 체화하고 있는 우리 부모님 세대의 생각이 그 한마디 안에 농축되어 있는 건 아닐까?

내가 이 책을 통해 누누이 말하지만 하루 벌어 하루 사는 일용직 노동자들은 건축가나 건물주와 동일한 무게로 중요하다. 건설 노동자가 없으면 건물을 지을 수 없다. 세계 최고층 빌딩인 두바이의 부르즈 칼리파는 인도와 동남아시아의 노동자들이 지었고 우리나라에서 제일 높은 롯데타워는 임희정 전 아나운서의 아버지 같은 분들이 지었다.

"무슨 소리냐, 일용직 노동자는 누구나 대체할 수 있지만 건물주나 CEO는 대체할 수 없다!"라고 목소리를 높일 사람도 있겠다. 내 생각은 이렇다. 노동자는 대체 불가능(irreplaceable)하다. 만약 노동자가 대체 가능하다면 CEO도 대체 가능하다. 우리나라 100대 재벌 회사의 회장을 조 씨가 하든, 김 씨가 하든, 이 씨가 하든 아무런 상관이 없다. 큰일 나지 않는다. 아니라고? 망해가던 회사를 인수해서 살려놓은 리더들이 많다고? 좋다. 사장이 대체 불가능하다 치자. 그렇다면 노동자도 대체 불가능하다.

이제는 어떤 CEO든 한 사람의 노동자를 가볍게 여기거나 하찮게 여기면 회사 운영에 어려움을 겪게 되어 있다. 4차 산업혁명이 가져다준 가장 가치 있는 후폭풍이다. 21세기 들어, 한국 사회에서 운전자, 경비원, 건설 노동자, 가사 도우미 같은 이들을 우습게 여겨 망한 CEO(가족 포함)가 한둘이 아니다. 페이스북, 유튜브, 카톡 등 SNS는 동시간대에 전 세계에 전파된다. 지상파나 조중동으로 대표되는 기존 미디어의 시대는 갔다. 한 사람 한 사람의 청년이, 일용직 노동자가, 경비원이 미디어인 시대다. 당신이 매일 만나는 청소부 아줌마가 곧 KBS 기자다. 당신 회사를 취재하는 경제 담당 기자를 우습게 볼 수 있나? 막 대할 수 있나? 폭언이나 폭행을 할 수 있나?(아, 가끔 기자한테도 폭언하는 정치인이 있기는 있다. 발정제를 좋아하는 정치인이다. 검색창에 '돼지발정제').

배우 라미란은 tvN 〈현장토크쇼 택시〉에 출연해 남편에 대해 이렇게 말했다.

"남편이 막노동하는 게 불법도 아니고 부끄럽지도 않다. 누구나 자기 능력에 맞는 일을 하지 않느냐?"

우리는 종종 노동을 경시하고 노동자, 그중에서도 일용직 노동자를 창피한 직업인으로 여기곤 했다. 하지만 그럴 이유가 없다. 내 아버지 역시 한때 일용직 노동을 했지만 나는 그 사실이 하나도 부끄럽지 않다. 박봉이지만, 아버지는 정당하게 일한 대가로 우리 3남매를 교육시켰다. 뭐가 부끄럽단 말인가? 라미란 말대로 불법도 아닌데.

오늘도 수천억 원 대의 증여세를 내지 않기 위해 편법 승계를 했다는 한 건설사 대표 가족에 대한 뉴스가 들린다. '8억 원으로 3조 원을 만든 미다스의 손'이란다. 어디 건설사 대표뿐이랴? 치킨 회사 회장도 마찬가지다. 현대, 삼성 같은 한국을 상징하는 재벌도 법적으로 내야 할 상속세와 증여세를 내지 않기 위해 얼마나 발버둥 쳤나. 세계에 자랑할 글로벌 기업이라는 명예가 부끄럽지도 않을까? 돈 앞에선 염치도 존엄도 다 소용없단 말인가?

불법 승계 문제 때문에 재벌 회장들이 기소-구속되고 다시 풀려나는 일이 심심찮게 일어난다. 이런 반복을 겪으면서 국민은 얼마나 분노했나. 왜 일용직 노동자와 서민은 법을 지키면서도 하루하루 불안하게 지내는데, 재벌들은 불법을 저지르면서도 떵떵거리며 사는가? 불법과 편법으로 제 배를 불려가는 부자들이 부끄러운가, 아니면 애써 벌어들인 육체노동의 대가로 정직하게 살아가는 노동자가 부끄러운가.

　임희정 씨 아버지는 노동을 했고, 어머니는 부업을 했다. 그러나 온종일 몸을 써서 받는 돈은 '겨우' 몇만 원이었다. 임희정 씨는 묻는다.
　"왜 엄마와 아빠는 온종일 일을 하고도 '겨우'였을까?"
　우리 부모 세대는 그렇게 살아왔다. 얼마 안 되는 돈으로 살림을 하고, 아이들 학교를 보내고, 저축을 했다. 나도, 임희정 씨도 그리고 이 땅의 모든 노동자의 아들딸도 이제는 이렇게 말해야 한다.
　"부모님 감사합니다. 그리고 당신들이 자랑스럽습니다."

저 청소일 하는데요?

2019년 5월, 내가 진행하는 라디오 프로그램 〈EBS 북카페〉에 초대된 김예지 씨를 만났다. 예지 씨는 그해 초에 《저 청소일 하는데요?》라는 책을 냈다. 발매되고 한 달 만에 3쇄를 찍었으니 99퍼센트의 단행본이 초판 1쇄를 넘기지 못하는 출판 시장에서 당당히 존재를 알린 셈이다.

예지 씨는 대학에서 미술을 전공했으나 졸업 후 취직이 어려웠다. 수십 군데에 지원했지만 인턴 제안이 고작이었다. 그때 청소일을 하던 어머니가 "일 같이 해볼래?"라고 제안해서 청소업을 시작했다. 그녀가 스물일곱 살 때였다.

나를 만났을 때는 5년차 베테랑 직업인이었다. 예지 씨는 웃음소리가 화창하고 몸과 마음이 건강한 청년이었다. 염색하지 않은 스트레이트 단발머리에 얼굴이 뽀얗고 눈이 맑은 여성이 었다. 방송이 익숙하지 않다며 걱정했지만 막상 인터뷰를 시작 하니 씩씩하고 조리 있게 말도 잘했다.

- 청소일 하면서 뭐가 제일 어려웠나요?

"여름 일이 힘들어요. 겨울엔 금방 열이 나서 괜찮은데 여름엔 청소 시작하고 30분이면 온몸이 땀으로 젖고 온종일 밖에서 일 하다 보면 머리가 띵~하기도 해요."

- 육체적인 것 말고 정신적인 어려움은 없나요?

"일 처음 시작했을 때, 사람들이 신기하게 쳐다봤어요."

- 신기하게……. "와, 신기하다"라고 말했나요?

"그런 건 아니에요. 하지만 사람들의 눈길에서 느낄 수 있었어 요. 건물 청소나 다세대 주택 재활용 수거 같은 걸 하면 지나면 서 저를 빤히 쳐다봐요. '왜 젊은 여자 애가 청소를 하고 있지?' 하는 눈빛이죠."

- 부끄러웠나요?

"처음엔 좀 그랬어요. 20대 대졸 여성이 선택할 직업은 아니니까 요. '직업'이라는 개념이 갖는 사회적 위치나 안정되고 보람 있 는 미래 같은 게 있는 것도 아니고……. 회사 청소할 때는 같은 나이 또래 여성들이 출근하는 모습 보면서 적응이 안 되기도 했 어요. 그래서 스스로 패배자라고 생각하며 창피해 한 적도 있었 어요."

– 창피할 거 없다고 생각합니다만.

"지금은 그렇지 않아요. 아, 이런 적이 있어요. 한번은 처음 본 남자가 '예지 씨는 무슨 일 하시나요?'라고 물어보길래 '저 청소일 하는데요'했더니 '신기한 일 하시네요'라고 하더라고요."

청소일이 신기한가? 아니다. 다른 모든 직종과 다를 바 없는 일이다. 다만 3D 업종의 하나라 힘들고 어렵고 더러운 일인 것은 맞다. 만약 초등학생이 "저의 장래 희망은 청소부입니다"라고 하면 누구도 선뜻 "좋은 꿈이다"라고 하지 않을 거다. 20세기까지 우리 사회에서는 그렇게들 생각했다. 그런데 생각해보자. 힘들고 어렵고 더럽지 않은 일이 있던가? 공무원도, 대기업 사원도, 프리랜서도 힘들고 어렵고 더러운 일을 한다. 육체가 더러워지지 않으면 정신이 더러워지는 일을, 우리는 하고 있다. 팀장, 국장, 사장의 폭언과 폭행 속에서. 욕해야 폭언이고 때려야 폭행이냐? 제멋대로 지껄이는 말이 폭언이고 집에 갈 시간 되어도 못가게 하면 폭행이지.

예지 씨는 청소일의 장점을 이렇게 이야기한다.

1. 프리랜서라 시간을 조절할 수 있다. 월수금만 일하고 화목토는 작업실에서 그림을 그리거나 책을 쓴다(예지 씨는 이 책의 인세로 꿈에 그리던 '나만의 작업실'을 마련했다).

2. 수입도 꽤 괜찮다(나는 "연봉이 얼마냐"고 단도직입적으로 물었으나 예지 씨
는 "비밀"이라며 밝히길 꺼렸다. 다만 "생각보다 좋다"고 한다. 주 3일 일하고 저
축하고 용돈 쓰고 친구들에게 한턱 쏘기도 하며 종종 여행도 갈 정도라고 하니 웬
만한 직장인보다 나으면 나았지 못하진 않은 것 같았다. 어떤 직장인이 주 3일 일
하면서 이렇게 할 수 있나? 순간, 나도 청소일을 하고 싶었다는……).

3. 직장 스트레스를 받지 않아도 된다. 꼰대 상사가 "나 젊었을 땐 안
이랬어! 회사에서 먹고 자고 했어. 요즘 애들은……" 운운하는 이야
기를 듣지 않아도 된다(그녀도 책에 이렇게 썼다).

4. 야근 걱정이 없다. 미리 고지하는 것도 아니고 느닷없이 "오늘 야근
이다"라는 불시의 재난(!) 앞에 망연자실하지 않아도 된다.

《저 청소일 하는데요?》는 예지 씨가 그린 일러스트에 글이 더
해진, 일종의 만화책이다. 재미있다. 감동도 있다. 함께 청소일을
하는 모녀는 이런 대화를 나눈다.

- 엄마는 내가 이 일을 하는 게 창피하지 않아?
  "정정당당하게 돈 버는 일인데 뭐가 창피하니?"
- 뭔가 사회에 적응 못하고 실패한 느낌이 들기도 해.
  "예지야, 삶은 어차피 다 달라. 너의 성향에 맞게 사는 것도 살아
  가는 방식이야. 누군가는 회사 생활이 맞을지 몰라도 정말 안 맞

는 사람들은 그럼 어떡하니? 결국 자기에게 맞춰 조금씩 다르게 사는 거지."

김예지,《저 청소일 하는데요?》

예지 씨 어머니는 철학자가 아닐까? 다세대 주택의 버려진 쓰레기만 청소하는 게 아니라 우리 뇌리에 박힌 편견과 선입견도 깨끗하게 하는 건 아닐까? 나는 이 대목에서 그 어떤 자기계발서나 인문 고전보다 더한 감동을 받았다. 우린 '회사 생활이 정말 안 맞으면서도 회사를 다니는' 사람 아닌가? '내 성향에 맞게 사는' 것은 어려운 일 아닌가?

기실 삶의 철학은 책상머리에서 놀리는 세 치 혀가 아니라 피, 땀, 눈물(!)에서 나온다. 가늘고 희멀건 작가의 손이 아니라 그을린 노동자의 살갗에서 비롯된다.

춘추전국시대 철학자인 묵자가 그랬다. 묵자는 노동자였고 동시에 철학자였다. 노동으로 생계를 해결하면서 하고 싶은 공부를 했다. 마치 예지 씨가 청소로 생계를 해결하고 남는 시간에 하고 싶은 그림을 그린 것처럼.

금수와…… 벌레들은 그들의 깃털로 옷을 삼고 그들의 발굽으로 신을 삼고 그들의 물풀로 음식을 삼는다. 그러므로 수놈은 밭 갈거나 씨 뿌리지 않고 암놈은 실을 잣거나 길쌈하지 않는다. 먹고 입을 것을 걱정하지 않아도 하늘이 이미 마련해주었던 것이다. 그러나 사람

은 이들 짐승과는 달리 노동에 의지해야만 살아갈 수 있고 노동하지
않으면 살아갈 수 없는 존재다.

묵자,《묵자》

불가능한 가능한 꿈

이 책의 앞부분에 나는 '노동이 욕되고 더럽다'고 했으나 그때의 노동은 '남을 위한 노동'이다. 앞에 소개한 《저 청소일 하는데요?》를 쓴 예지 씨의 경우 노동은 '나를 위한 노동'이다. 회사에 다니는 사람이 모두 '나를 위한 노동'을 하는가? 아니다. 회사원의 90퍼센트는 '이 회사에 다니며 버는 돈으로 내가 진짜 하고 싶은 일을 하겠다'는 마음을 먹고 있다(설문조사를 한 건 아니다. 아니라면 아니라고 자신 있게 말해보렴).

내 제자 진희 씨는 IT 회사에 다니며 인문 고전을 기반으로 한 콘텐츠 회사 창업을 꿈꾸고 있다. 또 다른 제자 태준 씨는 매출액 60조 원의 재벌급 공사(公社)에 다니며 전업 작가를 꿈꾸고 있다.

후배 준범 씨는 이동통신 회사 차장인데 주말마다 목수 학교에 다니면서 제 힘으로 집 지을 꿈을 꾸고 있다. 연봉에서 남부러울 것 없는 대기업 이사인 지인 한 사람조차 그림을 배우고 있다. 조만간 퇴직하고 화가로 활동할 거라면서 최근 전시회도 열었다. 인간답게 일하고 휴식하면서 자아를 실현한다……는 계획. 우리는 모두 불가능한 가능한 꿈을 꾸고 있다. 아니, 가능한 불가능한 꿈이던가?

체 게바라가 말했다.

"우리 모두 리얼리스트가 되자. 그러나 가슴속에 불가능한 꿈을 간직하자."

뮤지컬 〈맨 오브 라만차〉에서 돈키호테는 '이룰 수 없는 꿈'을 노래한다.

> 그 꿈, 이룰 수 없어도
> 싸움, 이길 수 없어도
> 슬픔, 견딜 수 없다 해도
> 길은, 험하고 험해도
> 정의를 위해 싸우리라
> 사랑을 믿고 따르리라
> 잡을 수 없는 별일지라도
> 힘껏 팔을 뻗으리라

우리는 왜 이런 꿈을 꾸고 있는가?

역설적으로, 21세기 한국 자본주의 사회가 우리 꿈을 이룰 수 있는 터전 자체를 제공해주지 않기 때문이다. 우리나라 연간 노동시간은 2018년 기준 2,024시간(OECD 데이터)으로 OECD 국가 중 멕시코, 코스타리카에 이어 3위를 차지한다. 2010년 이후 대한민국은 늘 1~3위 사이였다. 주 52시간이 무색하게 우리는 과도한 노동에 시달리고 있다. 대한민국 평균 근로자의 하루를 보면 오전 9시에 출근해서 오후 6시에 퇴근, 하루 8시간씩 주 5일 근무를 한다……는 건 이상일 뿐이다. 대개 8시 반까지 출근해서 오후 7~8시까지 야근을 한다. 7시에만 끝나도 다행이다. SNS, 특히 단체 카카오톡은 노동 시간 연장의 주범이다. 프리랜서인 나는 오전 7시부터 오후 11시 58분까지 카톡에 시달린다. 심지어 새벽 1시 50분에 카톡을 하는 몰상식한 사람도 있다(그때까지 깨어 있는 나는 누구?). 새벽 5시 반에 카톡하면서 사람은 부지런해야 한다고 덧붙이는 꼰대도 있다(이때 일어난 나는 또 누구?).

한국 근로자들에게 주 52시간 근무는 의미가 없다. 다양한 SNS로 연락을 하기 때문이다. 실존은 24시간 대기 상태다. 나는 근무 시간 외 카카오톡 사용 금지 및 단톡방의 비즈니스 이용 금지도 주장한다. 이 금지 규정은 2017년 이후 여러 회사와 공무원 사회에서 실시 중이다. 그러나 현실적으로 실효성이 있는지는 의문이다.

단톡방의 폐해 때문에 카카오톡을 탈퇴하고 싶었던 적이 한두 번이 아니다. 내 대학원 동창 중 유일하게 C만 카카오톡을 하지 않는다. 모든 연락이 카카오 단톡방을 통해 이루어지기에 공지 사항이 있으면 누군가 이 '카톡 무시자'에게 따로 문자를 보내야 한다. 이렇게 우리 사회에서 카카오톡을 하지 않는다는 것은 다른 누군가에게 폐를 끼치는 행위가 되어버렸다. 이 때문에 울며 겨자 먹기로 카톡 회원을 유지하고 있다.

정신을 소모하면 노동이다. 신경을 쓰면 근로다. 퇴근해서도 업무를 생각해야 한다면 노예다. 우리는 그렇게 살고 있다. 이 모든 스트레스는 우리 몸에 암을 유발한다.

> 최근 세계보건기구 산하 국제암연구소는 야간작업을 포함하는 교대근무가 '인체발암성 추정 요인'이라고 결론 내렸다. 실험동물에서는 발암성의 충분한 근거가 확인되었고, 인간에게서는 그 근거가 제한적이라는 뜻이다. 일주기(circadian) 리듬의 혼란으로 인한 내분비계 교란이 주요 기전이고, 일정 기간 이상 야간근무를 하는 경우 유방암과 전립선암, 대장암 위험이 높아지는 것으로 나타났다.
>
> <시사인>, 김명희, 2019.10.25.

과도한 노동은 그 역사가 길다. 앞서 '먹는 것에도 차별이 있다' 편에서 1830년대에 청소년·아동이 1일 19시간이라는 살인 미수급 노동을 강요당했다고 언급한 바 있다. 마르크스는 그의 책《자본론》에서 1863년 런던 일용노동자들의 노동 시간에 대해 이야기한다. 노동자들이 제출한 '일요일 노동 폐지 진정서'에 따르면 그들은 평일 6일간은 매일 평균 15시간, 일요일은 8~10시간 노동을 했다. 당시의 귀족들은 과도한 노동과 궁핍, 굶주림에 시달리는 것이 더 기독교도답다고 믿었다. 다만 그 적용 대상에서 자신들은 쏙 빼놓았다. 귀족들은 일요일에도 런던의 엑스터 홀에 모여 식도락을 즐기면서 노동자들의 진정서를 접하고 이렇게 말했다.

"배부르게 먹는 것은 그대들(노동자들)의 위장에 해롭다."

자본은 잉여노동에 대한 충족될 수 없는 탐욕으로 말미암아 ······ 신체의 성장 발육 건강한 유지에 필요한 시간을 빼앗는다. 자본은 신선한 공기와 햇빛을 이용하는 데 필요한 시간을 도둑질한다. 자본은 식사 시간을 깎아내고, 가능하다면 그 식사 시간까지도 생산과정에 편입시켜 식사를 노동자에게 제공한다. 자본은 생명력을 회복하고, 수습하고, 활력을 부여하는 데 필요한 건전한 수면을, 기진맥진한 유기체가 소생하는 데 절대적으로 필요한 불과 몇 시간의 무감각 상태로 감축시켜버린다 ······ 자본은 노동력의 수명을 문제 삼지 않는다.

칼 마르크스, 《자본론1》 상

위의 인용문에서 '자본'은 '자본가', '자본주의' 또는 쉽게 '돈'이라고 대체해도 무방하다. 내가 이 책에서 그 어렵다는 《자본론》을 다 파헤칠 수는 없다. 어떤 이는 마르크스에 대해 시대에

뒤떨어진 인물이라고 폄하할지도 모른다. 그러나 "노예 관리의 원칙은 노예로부터 가장 짧은 시간 안에 가능한 한 많은 노동을 짜내는 것이 가장 효과적인 경제적 타산이라는 것"이라면서 "이름은 다르지만 이것은 너(임금 노동자)를 두고 하는 말이다. 노예 무역을 노동시장으로 바꾸어 읽어 보라!"고 절규한 마르크스의 예언은 21세기에도 여전히 유효하다.

이 모든 일은 왜 일어나는 걸까?

본질적으로 인간의 탐욕 때문이다. 그런데 마르크스는 '자본 자체가 탐욕'이라고 단순명료하게 결론을 낸다. 자본의 생존 이유는 자체 증식이다. 1억은 10억이, 10억은 100억이 되고 싶어 한다. 이 증식욕구에 끝은 없다.

만수르 개인의 욕심보다 훨씬 더 무지막지하게 큰 자본의 욕망 때문에 모순은 발생한다. 일정 한계 이상으로 늘어난 자본은 더 이상 인간의 의지에 신경 쓰지 않는다. 자본이 자본을 낳고 이 순환은 무한하다.

마르크스의 결론에 따르면, 자본가=사장=건물주도 자본의 희생양이다. 돈만 밝히는 회사 대표도, 갑질하는 재벌 3세도, 분노조절 장애인 중소기업 이사도 모두 불쌍한 인간일 뿐이다. 이 명제가 옳다면 내가 할 말은 하나밖에 없다.

주여, 저들을 용서하소서. 저들은 저들이 하는 일을 모르나이다. (《누가복음》 23장 34절)

알수록 절망한다

　　　　　　우리 사회의 불평등, 나아가 인류 역사의 불평등에 대해 알면 알수록 절망하게 된다. 누구는 평생 먹고 싶은 것 안 먹고, 하고 싶은 것 안 하며 10억 원을 모으지만, 누구는 부모를 잘 만난 덕에 태어날 때부터 100억 원을 손에 쥔다. 인생은 불공정한 게임이다. "노력하면 누구나 부자가 될 수 있다"는 말은 일종의 환상이다. 노력하지 않는 이들도 부자가 되게 하라는 말이 아니다. 노력하는데도 부자가 될 수 없는 시스템을 문제 삼자는 거다. 이런 생각 역시 역사 속에서 공유한 이들이 많았다.

　　토마 피케티의 《21세기 자본》은 역사적, 현재적 부의 편중을 분석한 뒤 불평등 해소 방안으로 '누진적 글로벌 자본세'를 주장한다. 세계의 모든 자산(금융자산과 부동산)에 대해 투명한 평가를 한 뒤, 여기에 세금을 부과해 그 이득을 공정하게 분배하자는 것이다. 피케티 자신이 유토피아적인 이상이라 부를 정도로 실현 가능성이 낮은 제안이다. 하지만 소득세만 해도 100년 전에는 '이상일 뿐인 세금'이었다. 지금은 누구나 소득세를 낸다. 피케티는 글로벌 자본세가 다른 대안보다 훨씬 위험성이 덜한 해법이라고 주장한다. 그는 구체적 세율도 제시한다(순자산=금융자산+비금융자산-부채).

- 순자산 100만 유로(13억 원) 이하=0퍼센트
- 순자산 100만~500만 유로(1,366억 원~66억 원)=1퍼센트
- 500만 유로(66억 원) 이상=2퍼센트
- 10억 유로 이상(1조 3천억 원)=5~10퍼센트

순자산 13억 원 이상의 부자들에게만 글로벌 자본세를 부과하자는 거다. 자본세의 목적은 두 가지다.

1. 전 지구적으로 퍼져가는 부의 불평등 증가를 억제한다.
2. 경제 안정성에 위협이 되는 금융 시스템을 효과적으로 규제한다.

피케티가 언급한 세율은 슈퍼부자들에게 부담이 되지 않는 수준이다. 그는 다음과 같은 구체적 예를 든다.

세계 최고 부자 중 한 명인 릴리안 베탕쿠르(Liliane Bettencourt, 화장품 회사 로레알의 상속녀)는 2013년 현재 재산이 300억 유로(약 40조 원)다. 그런데 그녀의 재산은 그녀가 배당금, 자본 이득 등으로 인해 매년 6~7퍼센트 증가한다. 릴리안이 아~무 일을 하지 않아도 재산이 해마다 2조 5천억 원씩 늘어난다는 의미다. 지난 30년간 〈포브스〉가 발표한 자료만 들여다봐도 알 수 있는 사실이다. 그런데 릴리안은 매년 겨우(!) 500만 유로(약 66억 원) 정도만 벌었다고 소득 신고를 한다. 말하자면 과세 표준인데 이 소득 금액은 그녀가 이자와 배당금으로 벌어들이는 돈에 비해 턱없이 부족한 액수다(여기까지가 피케티의 주장). 아마도 66억 원은 릴리안이 한 번 회의 참석할 때 받는 거마비 정도일 것이다. 이게 1년 동안 그녀가 '실제로 한 일'에 대한 소득일지도 모른다(이건 내 주장).

피케티는 가만히 있어도 점점 불어나는 막대한 재산 중 극히 일부(5퍼센트)에 대해 과세해도 릴리안 같은 울트라 슈퍼부자들의 생활에는 별다른 변화가 없다고 말한다. "아무리 세련된 취향의 우아한 사람일지라도 일상적 비용으로 한 해 5억 달러를 쓸 수는 없다. 몇 백만 유로면 충분하지 않겠느냐"며. 그 몇 백만 유로가 2백만~3백만 유로라 쳐도 1년에 30억 원 정도다. 생존이 아니라 취향을 위해 한 달에 2억~3억 원 정도 쓰는 건 있을 수 있다는 이야기다.

피케티는 "지구상에 사는 최상위 부자들! 너희들 하고 싶은 거다 해. 한 달에 몇 억씩 써! 다만 알아서 늘어나는 이자, 쬐끔만 토해내. 그걸로 좋은 일 좀 하자"고 주장한다. 부유세로 불평등 문제를 해결하자는 논리다. 앞서 언급한 미국 하원의원 알렉산드리아 오카시오 코르테스도 피케티와 비슷한 목소리를 내고 있다.

열심히 일해서 자본을 축적한 중산층과 중간급 부자들에게 중과세하자는 말이 아니다. 불로소득으로 벌어들이는 소득의 '일부'를 그 불로소득이 있게 해준 고마운 사회에 되돌리라는 말이다.

내 책장에는 《21세기 자본》과 안광복의 《나는 이 질문이 불편하다》가 나란히 꽂혀 있다. 철학적 질문과 그에 대한 해답을 찾아가는 과정을 실은 안광복 선생의 책 중에도 불평등에 대한 내용이 있었다. '흙수저와 금수저의 삶은 공평할까'라는 챕터를 보면 '과연 인간만이 불공정에 민감할까?'라는 질문에 대한 명쾌한 답이 실려 있다.

카푸친 원숭이들은 동료애가 남다른 동물이다. 그래서 좀처럼 서로 시기하는 법이 없다. 사회생물학자들은 실험을 하면서 이 원숭이들에게 토큰을 나눠주었다. 그리고 원숭이들이 연구자에게 토큰을 내줄 때마다 오이 한 개씩을 주었다. 학습능력이 뛰어난 원숭이들은 '거래의 법칙'을 재빨리 터득했다. 토큰 하나당 오이 한 개, 그렇게 얼마동안 생물학자와 원숭이 간에 평화로운 관계가 유지되었다.

그러다가 연구자들이 관행을 깨기 시작했다. 토큰을 받을 때마다 어떤 놈에게는 달콤한 포도를 준 것이다. 특별한 이유는 없다. '그냥' 이 원숭이에게는 포도를, 저 원숭이에게는 오이를 주었을 뿐이다. 물론 원숭이들은 포도를 더 좋아한다. 거래의 법칙이 무너지자, 원숭이들은 난폭해졌다. '차별받는' 원숭이들은 오이를 단호하게 거부했다. 심지어는 토큰을 우리 밖으로 집어던지기까지 했다.

"나에게도 남들과 똑같은 몫을 달라!" 이 말을 내뱉지는 못하지만 원숭이들에게도 '공평함'에 대한 감각이 있음은 분명해 보였다. 사회생물학자들은 이러한 실험 결과를 토대로 '공평함은 분노와 배고픔만큼이나 오래된 본능'이라는 결론을 이끌어냈다.

안광복,《나는 이 질문이 불편하다》

원숭이도 공평함, 공정함에 대한 감각이 있다. 하물며 인간임에랴. 문제는 아무리 공정함이 우리의 본능이라 해도 '세상은 공평하지도, 평등하지도 않다는 사실'이다. 더구나 인류 역사에서 평등은 한 번도 현실인 적이 없었다. 그럼 어떻게 해야 하는가? 이 현실을 어떻게 받아들여야 하는가?

인간도 생명을 가진 존재라는 명제에 의외의 답이 숨어 있다. "죽음은 누구에게나 공평하게 주어져 있다"는 것이다. 이 해결책은 허무하다. 죽음만이 공정하다면 살면서 아무런 노력을 할 필요가 없다. 죽음만이 공정하다는 사실은 그러나, 삶에 대한 자유를 전제로 한다. 누구에게나 죽음은 피할 수 없기에 살면서 주어진 환경에서 스스로의 길을 선택할 수 있는 자유가 주어진다.

심지어 고통조차도 즐겁게 받아들일 수 있는 자유가 있다. 인간은 개성적 존재라서 누구에게 고통은 비참함이지만 누구에게는 창작의 재료다. 세상의 모든 예술은 고통의 연마 과정을 거친 후에 탄생했다. 예술가의 특권은 이 고통을 희열의 일부로 받아들일 줄 안다는 것이다. 불평등의 역사는 내게 절망만 안겨준다. 경제적 해결은 난망하다. 피케티의 이상도 뜬구름 같다. 원숭이 차원으로 추락해 피폐해진 내 영혼은 철학자의 혜안으로 위로를 얻을 수밖에 없다.

치열하게 살며 자기 삶에 스스로 의미를 부여할 수 있는 사람은 누구나 행복해질 수 있다. 그리고 그렇게 할 수 있는 자유는 누구에게나 주어져 있다. 이 점에서 삶은 누구에게나 공평하다.

안광복,《나는 이 질문이 불편하다》

돈이 아니라 존엄이다

　　　　방송업에 25년 이상 종사하다
보니 자본주의의 첨병이라는 이 분야의 양지와 음지를 다 겪어
봤다. 가장 어이없는 경우는 이런 거다. 새로운 프로그램의 MC
를 맡아 피디, 작가와 함께 열심히 일한다. 방송사는 6개월마다
개편을 한다. 프로그램을 없애고, 새로 만든다. 이때 MC가 잘리
거나 작가, 피디가 바뀌기도 한다. 한창 즐겁게 일하고 있는데 갑
자기 베테랑 작가를 하차시키고 신참 작가를 배치하기도 한다.
두 사람이 해야 할 몫을 한 사람에게 맡기기도 한다. 한 시간짜리
에 10만 원의 대가를 주다가 두 시간짜리로 만들면서 13만 원을
주기도 한다.

　이 변동의 이유는? '제작비 절감'이다. 누구를 위한 제작비 절

감인지, 절감한 제작비는 어디에 쓰는지, 다른 곳에서 줄이거나 절약할 수 있는지는 고려 사항이 아니다. '제작비 절감=비용 절감'이라는 전가의 보도(傳家寶刀)를 휘두르면 어느 누구도 반박하지 못한다. 찍소리 없이 따를 뿐이다. 한국 현대사의 모든 '비용 절감'의 희생자는 힘없고 빽 없는 프리랜서, 일용직, 하위직이다. 고위직은 늘 그대로 남는다. 떠나도 두둑한 퇴직금을 챙긴다. 방송뿐 아니라 회사도 마찬가지다. 앞서 예로 든 화장품 회사 상속녀 릴리안은 연하의 애인에게 용돈으로 수억 원을 주곤 했다. 한국의 상속남 L 씨는 외제차 수집이 취미다. 자신의 람보르기니 타이어 교체를 위해 수백만 원을 쓰거나 요트 인테리어를 위해 수억 원을 쓴다. 부자들은 취미와 연애를 위해 돈을 물 쓰듯 쓰면서 아랫사람들에게는 비용 절감을 부르짖는다.

제작비 절감까지는 이해된다고 치자. 가장 견디기 어려운 것은 '존엄'을 침해받을 때다. 언젠가 한 프로를 맡았을 때, 좋은 방송이라고 인정받고, 청취율도 괜찮고, 스태프와 융화도 잘되어 '장수 프로그램이 되겠구나' 했던 적이 있었다. 그런데 어느 날 갑자기 프로그램이 폐지됐다. 이유는? 새로 온 사장님이 "그거 재미없던데?"라고 한마디 했기 때문이다. 그리고 그 사장님은 2년 뒤에 교체됐다. 한마디로 철새였다. 철새 사장의 한 마디에 영혼을 모아 일했던 우리는 순식간에 모두 쓸모없는 존재가 되고 말았다. 폐지된 프로그램 대신 새 프로가 생겼고 철새와 친했던 모

인사가 MC를 맡았다. 버려지고 찢긴 우리는 크게 상처받았다. 만약 윗선에서 솔직하게 "새로 온 사장께서 당신과 더 친한 이를 프로그램 진행자로 삼으시겠답니다"라고 했다면 속은 상해도 무시당했다는 기분은 들지 않았을 거다. 철새의 한마디에 나는 졸지에 '재미없는 프로나 진행하는 인간'이 되고 말았다. 방송을 업으로 삼아 나름 자부심을 갖고 일했던 사람으로서 이런 평가는 상당한 감정적 고통을 유발한다.

방송은 어차피 자본을 따라가기에 변신해야 하고 바뀌어야 한다(그런데도 예능 출연자는 늘 거기서 거기인 이유는 뭘까?). 개편은 불가피하다. 다만, "그동안 너는 쓸모없는 존재였다. 그래서 바뀌어야 한다"라는 자세는 곤란하다. 청취율이나 시청률이 중요하긴 하지만 숫자가 전부는 아니다. BBC나 NHK는 국민의 세금으로 시청률과 상관없이 좋은 프로그램을 지속적으로 만들고 있지 않나.

개편을 주관하는 이는 솔직하고 겸허하게 말하는 게 좋다. 작가를 교체할 때는 "당신 원고는 영 아니다"라기보다는 "나와 호흡이 더 맞는 작가와 함께 일하고 싶다"고 말하는 게 낫다. "당신의 진행은 문제가 있다"라고 하기보다는 "새로운 프로에는 그 시간에 맞는 진행자가 있어야 할 것 같다"고 얘기하는 게 좋다. 서로의 기분을 상하지 않고 존엄을 지켜주기 때문이다.

인간은 굉장히 민감한 존재다. 말 한 마디에 상처받고 표정 하나에 힘을 얻는다. 호모 사피엔스는 모두 세심한 영혼의 소유자들이다. 이래도 그만, 저래도 그만인 무딘 생명체가 아니다. 인간만이 가진 이 속성이 바로 존엄성이다.

인간의 존엄을 무시하는 한, 자본주의는 파멸로 갈 수밖에 없다. 이제는 자본주의도 인본주의도 아닌, 자본과 인간의 존엄을 조화롭게 추구하는 '인자본주의(人資本主義)'의 길을 가야 하지 않을까? 2016년 5월, 가수 모 씨가 무명 화가에게 헐값을 주며 그림을 대신 그리게 한 사건이 있었다. 진중권 씨 같은 평론가는 "대신 작업을 시켜 그림을 완성했어도 아이디어를 제공한 자가 진정한 창작자이며 이런 게 현대미술"이라면서 그 가수는 무죄라고 했다. 법원 판결도 1심은 유죄, 2심은 무죄로 결론이 났다. 이 사건의 핵심은 누가 아이디어를 대고 누가 그림을 그렸느냐가 아니다. 나는 그 그림이 현대미술인지 아닌지에는 관심이 없다. 화가 겸 가수인 유명인이 후배 송 모 화가를 어떻게 대했느냐만 관심이 있다.

유명인 모 씨의 진짜 잘못은 대작시킨 데 있지 않다. 후배이자 화가인 송 씨의 존엄을 훼손한 데 있다. 송 씨는 미술을 전공한 화가였다. 인터뷰 동영상을 보면 그는 "돈 액수에는 관심 없고 주는 대로 받았다. 그 앞에서 돈을 세지도 않았다. 나는 장사꾼이 아니기 때문이다"라고 말한다. 다만, 그는 수입이 없는 배고픈 화가라 대작 작업을 했을 뿐이다. 유명인 모 씨는 송 모 씨에게 그림 한 점에 10만 원을 주고 300점을 그리게 한 뒤 하나당 평균 800만 원에 팔았다. 만약 그가 후배에게 편당 50만 원쯤 주고 "이것밖에 주지 못해 미안하다, 후배야"라고 했다면 어땠을까? 송 씨는 그림 한 편당 10만 원 또는 그 이하의 수고비를 받았다고 한다. 어떨 때는 17점을 그려주고 150만 원도 받았는데 "그림값을 좀 더 달라"고 하면 선배인 유명인이 "요즘 택시 값이 얼만 줄 아느냐? 까분다"면서 물건을 집어던지려 한 적도 있었단다. 송 화백의 존엄은 무시당했고 그 때문에 그는 상처받았다. 이 작은 상처 하나로 대작 사건은 시작한다. 그 시작은 비록 미약한 찰과상이나, 그 끝은 창대한 폭로가 된다.

존엄이란 존경과 다르다. 존엄 연구 권위자이자 국제분쟁 해결 전문가인 도나 힉스(Donna Hicks)는 "존엄은 태어날 때부터 지닌 자질로서 '타고난 가치'다. 그에 비해 존경은 뭔가 특별한 행동이나 노력을 했기에 후천적으로 얻게 되는 것"이라고 설명한다. 우리 사회에서 존엄이 가장 많이 침해되는 곳은 어디일까? 다름 아닌 직장이다.

직장에서 존엄 침해를 경험한 사람들은 국제분쟁 당사자들이 경험하는 것과 동일한 본능적 반응, 즉 자신을 모욕한 사람들을 향한 복수심을 드러냈다. 사람들은 자신의 불만에 귀 기울여주고 인정해주기를 바란다. …… 리더가 직원들의 불만 뒤에 숨어 있는 존엄 문제에 얼마나 큰 관심을 갖고 인정하고 이해하는지에 따라 갈등 해결

여부에 엄청난 차이가 난다. …… 사람들은 대개 자신의 타고난 가치를 깨닫지 못하고, 타인의 가치를 인정하는 방법도 몰라 애를 먹기 일쑤다. …… 우리 모두 소중한 존재로 대우받기를 원하며 그러지 못할 경우 고통받는다.

도나 힉스,《일터의 품격》

힉스 교수는 21세기의 리더는 '존엄 수호자'가 되어야 한다고 말한다. 직원들을 존중하고, 직원 서로가 관계 맺는 능력을 개발하도록 돕고, 리더와 직원이 동반 성장하면서 공동의 행복을 누리는 것, 이게 리더가 해야 할 가장 중요한 일이다. 이것이 연 매출 1천억 원을 달성하는 것보다 더 시급한 과제다. 어렵지만 반드시 필요한 일이다. 어떻게 보면 작은 부분만 신경 쓰면 바로 실천할 수도 있는 일이다.

도나 힉스는 그녀가 컨설팅해주었던 한 회사의 관리자와 직원 사이의 관계를 예로 든다. 이 회사의 직원들은 관리자에 대해 분노했다. 이유는 단 한 가지. 아침에 출근하면서 관리자는 직원들 누구도 쳐다보지 않고, 눈길도 주지 않았다. 직원이 인사를 해도 "안녕하세요?"라고 받아주지 않았다. 아무 말 없이 고개를 푹 숙이고 자기 자리에 가서 앉아 일을 시작했다. 별거 아니다. 그런데 이 별거 아닌 행위 때문에 직원들은 스스로를 '말을 나눌 필요도 없고 실적이나 올리면 그만인 존재'라고 느꼈다. 그 관리자뿐 아니라 우리 대부분은 가벼운 미소나 인사만으로도 얼마나 친근한 수준의 인간관계가 구축되는지 모르고 있다. 힉스 교수가 이 사실을 지적하자 관리자는 깜짝 놀랐다.

"내 머릿속에는 업무뿐이었습니다. 직원들을 무시할 의도는 전혀 없었어요."

힉스는 그에게 자신의 행동이 직원들에게 상처를 줬다는 것을 인정하고 진심으로 사과하길 권했다. 관리자가 진심어린 사과를 했고, 직원들은 받아들였다. 다음 날 아침, 관리자는 직원들을 부드러운 미소로 쳐다보며 이렇게 말했다.

"굿모닝~!"

그 이후 조직의 분위기가 어떻게 바뀌었는지는 여러분도 충분히 짐작할 수 있으리라.

경영학에는 '호손 이론'이란 게 있다. 하버드 경영대학의 엘튼 메이요(Elton Mayo) 교수가 1930년대에 시카고 근교에 있는 웨스턴 전기회사 호손 공장에서 이곳 근로자들을 대상으로 어떤 환경이 생산성을 높이는지에 대해 연구했다. 조명의 밝기나 통제 장치를 바꾸어가며 연구했는데 의외의 결과가 나왔다. 다른 조건은 생산성 향상에 크게 영향을 미치지 않았는데, 하버드대학 연구자들이 밀착 관찰하면서 대상으로 삼은 근로자 집단은 그렇지 않은 집단보다 생산성이 더 높았다. 그 이유는 '미국 명문대 교수들이 뭔가 중요한 일을 하기 위해 우리를 세심하게 관찰하고 있다'고 인지한 근로자들이 평소보다 더 열심히 일했기 때문이다.

1930년대의 미국 노동자들은 교육의 혜택을 많이 받은 사람들이 아니었다. 하버드대학 교수들이 관심을 갖고 자신을 보고 있다는 사실은 그들의 자부심을 높여줬다. 그들은 평범한 노동자가 아니라 연구 대상자이자 논문 생성의 기여자가 되었을 때 더 세심하게 일했고 흥이 나서 작업했다. 일개 일꾼이 아닌, 존엄을 갖춘 인간이 되었을 때 우리는 더 신나게 일할 수 있다.

　　많은 사람들이 돈 때문에 일한다. 돈 때문에 산다. 그럴 수 있다. 그래야 한다. 그러나 인간은 돈만 갖고는 만족하지 못한다. 타고날 때부터 존엄을 지니고 있기 때문이다. 존엄이 짓밟히며 받는 돈보다는 존엄을 지키면서 얻는 돈을 원한다. 리더가 이 사실을 알면 조직은 완전히 달라진다.

어떻게 살 것인가?

-스무 살 아들에게 주는 글

◆ 우선 도올 김용옥 선생의 《우린 너무 몰랐다》부터 읽어라

이 책에는 이승만 정권이 해방 직후 평화롭게 자치를 꾸려나
가는 제주도민을 어떻게 공권력으로 학살했는지 잘 나와 있다.
제주도에 관한 이야기이므로 너의 외할아버지 이야기, 또한 너
의 엄마 이야기이기도 하다. 사악한 권력이 무고한 시민을 어떤
식으로 파괴하는지 똑똑히 알아두어라. 정부를 잘못 선택한 결
과가 얼마나 무서운지 잘 배워라.

◆ 책을 읽고 끊임없이 공부해라. 힘없는 자와 가난한 자의 편이 되어
라. 너 혼자 잘 먹고 잘살 생각은 하지 마라

인간은 절대 혼자서는 행복하게 살지 못한다. 너에게 힘이 주어지면 그 힘을 힘없는 사람을 위해 써라. 힘이 좀 있다고 절대 교만하지 말고 겸손해라. 아랫사람이라고 무시하거나 천한 일을 한다고 하대하지 마라. 인간은 매우 세심한 존재여서 섬모만 건드려도 반응한다. 그 반응 때문에 언젠가 네가 파멸할 수도 있다는 것을 늘 명심해라.

◆ 부자들과 어울리더라도 그들과 한패가 되지 마라. 설사 그들이 너를 한패로 여기는 것 같아도 절대 오해하지 마라

그들은 마음속으로 이미 너와 그들 사이에 금을 그어 놓았다. 그들과 결탁해서 가난한 이들을 괴롭히지 마라. 세상에서 가장 비열한 짓이다. 네 힘으로 부자가 되고 네 힘으로 존경받아라. 권력과 명예에 빌붙어 굽신대며 살지 마라.

아빠는 너에게 수억 원어치 주식 같은 것을 물려주지 못해 미안한 생각은 하지 않는다. 아빠 역시 그런 것을 물려받지 못했다. 그러나 여전히 너희 할아버지를 존경하고 사랑한다. 그분은 비록 몇 번 재정상으로 실패했지만 살면서 단 한 번도 우리에게 손을 대신 적이 없다. 늘 다정하고 유머가 넘치는 분이었다. 그것만으로도 내 아버지를 사랑할 이유는 충분하다.

◆ 만약 권력이 또는 부가 하나가 되어 썩어간다면 너는 친구들과 연대하여 항거하고 외치고 촛불을 들어라. 진보적인 사상을 가진 이들과 함께해라

권력과 부와 명예가 정점으로 모여들수록 보수로 기울고 다수에게 퍼질수록 진보가 된다. 독점을 타파하고 분배를 중시하며 공동체의 선과 다수의 이익에 봉사해라. 네 개인의 욕망도 물론 중요하다. 꿈을 향해 나아가되 그것이 시대정신과 함께 가는지 늘 점검해야 한다. 일제 강점기의 판검사들도 공부는 엄청 열심히 했다. 다만 저들은 독립군을 잡아들이고 죽이는 일을 하면서도 아무런 가책을 느끼지 않았다. 그들이 시대정신을 몰라서다.

◆ 깨어 있기 위해 고전을 읽어라

《맹자》와 플라톤의 《국가》, 아리스토텔레스의 《정치학》, 헤로도토스의 《역사》를 이해할 때까지 반복해서 읽어라. 사마천의 《사기》, 한비의 《한비자》, 그리고 《장자》 역시 깊은 깨달음을 줄 거다. 역사는 반복된다. 그 쳇바퀴 속에서 우리의 역할이, 너 자신의 존재가 어떤 의미가 있고 어떤 실천을 해야 하는지 숙고하길 바란다.

◆ 마지막으로…… 투표를 잘해라

참고문헌

기사

<위클리 오늘>, 송원석, 2018.2.2.

<중앙일보>, 2016.4.19.

월간 <노동리뷰>, 홍민기, 2017. 5.

<시사인>, 2019.4.10.

<시사인>, 2019.4.10.

<한국일보>, 2016. 7. 26.

<만주신문>, 1939. 3. 31.

<시사인>, 김명희, 2019.10.25.

도서

《정의론》존 롤스, 황경식 옮김, 이학사, 2003

《최초의 신화 길가메쉬 서사시》김산해, 휴머니스트, 2005

《운명이다》 문재인의 서문, 노무현재단, 유시민 공편, 돌베개, 2019

《관자》 관중, 김필수 외 공역, 소나무, 2015

《글쓰기의 기쁨》 롤프 베른하르트 에시히, 배수아 옮김, 주니어김영사, 2010

《여씨춘추》 여불위, 츠카모토 테츠조우 편역, 유명당서점, 1920

《생각》 장정일, 행복한 책읽기, 2005

《기계비평들》 임태훈 외, 워크룸프레스, 2019

《나에게는 꿈이 있습니다》 마틴 루터 킹, 채규철 외 옮김, 예찬사, 2015

《정치학》 아리스토텔레스, 천병희 옮김, 숲, 2009

《밀레니얼과 함께 일하는 법》 이은형, 앳워크, 2019

《도덕경》 노자, 오강남 옮김, 현암사, 1999

《역사는 식탁에서 이루어진다》 마리옹 고드프루아 외, 시트롱 마카롱, 2018

《십팔사략》 7권, 진순신,증선지, 천승세 옮김, 중원문화, 2015

《마리 앙투아네트 베르사유의 장미》 슈테판 츠바이크, 박광자 외 옮김, 청미래, 2005

《다큐멘터리 박정희3》, 김교식, 평민사, 1990

《나는 겨우 자식이 되어간다》, 임희정, 수오서재, 2019

《저 청소일 하는데요?》 김예지, 21세기북스, 2019

《묵자》 묵자, 기세춘 옮김, 바이북스, 2009

《자본론1》(상), 칼 마르크스, 김수행 옮김, 비봉출판사, 2015

《역사학자 정기문의 식사食史》 정기문, 책과함께, 2017

《21세기 자본》 토마 피케티, 장경덕 옮김, 글항아리, 2014

《나는 이 질문이 불편하다》 안광복, 어크로스, 2019

《일터의 품격》 도나 힉스, 이종님 옮김, 한빛비즈, 2019

*2장 <창고가 가득 차야 예절을 안다>의《관자》에 대한 부분은 <명로진, 한국출판문화산업진흥원 웹사이트 독서인 2019.1.19.>에 실린 것을 인용했다.

*코르테스 의원의 일화는 미국 국회 웹사이트(http://ocasiocortez. house.gov) 및 <위키피디아>를 참조했다.